这本书能与中国读者见面，我非常高兴。如果大家对主人公小舞所经历的喜悦和感动感同身受，那么，即使我们在现实中从未谋面，我们的灵魂也会跨过大海，紧密相连——我如此想象着，不禁微笑起来。

谢谢你们。

梨木香步

西魔女之死

〔日〕梨木香步 著
王国政 绘　田秀娟 译

GUANGXI NORMAL UNIVERSITY PRESS
广西师范大学出版社
·桂林·

西魔女之死

Xi Monü Zhi Si

出版统筹：伍丽云
质量总监：孙才真
策划编辑：孙才真
责任编辑：孙才真
装帧设计：唐明月
责任技编：马萁键

图书在版编目（CIP）数据

西魔女之死 / （日）梨木香步著 ； 王国政绘 ； 田秀娟译.
桂林 ： 广西师范大学出版社, 2025. 7. -- （魔法象）. -- ISBN 978-7-5598-7958-5

I. I313.84

中国国家版本馆 CIP 数据核字第 202553H6T0 号

广西师范大学出版社出版发行
（广西桂林市五里店路 9 号　邮政编码：541004
网址：http://www.bbtpress.com）
出版人：黄轩庄
全国新华书店经销
唐山富达印务有限公司印刷
（唐山市芦台经济开发区农业总公司三社区　邮政编码：301501）
开本：880 mm × 1 240 mm　1/32
印张：7.875　　字数：97 千
2025 年 7 月第 1 版　　2025 年 7 月第 1 次印刷
定价：42.80 元

目录

西魔女之死 …… 01
黑炭的故事 …… 185
冬日午后 …… 205
小树枝，进炉灶 …… 225
原版后记 …… 243

西魔女之死

西魔女死了。第四节课自然课快要上课的时候，教务处的年轻女老师把小舞叫过去，告诉她，她妈妈这就来接她，让她收拾好书包去校门口等。看来发生什么事了。

小舞怀着日复一日的乏味生活中突然出现戏剧性变化时涌出的不安和期待交织的心情——就是那种既紧张又兴奋的心情——按照老师说的，在校门口等妈妈。

很快，妈妈开着那辆墨绿色小车来了。妈妈是英日混血儿，头发和眼珠的颜色近乎黑色，但比黑色柔和。小舞很喜欢妈妈的眼睛。可是，今天这双眼睛却疲惫不堪，没有一丝神采。妈妈的脸色也十分苍白。

妈妈一停下车，就打了个手势让小舞上车。小舞心里咯噔一下，赶紧钻到车里，关上车门。车立刻发动了。

“出什么事了？”

小舞提心吊胆地问。

妈妈深深地叹了一口气。

“魔女——病倒了。好像不行了。”

霎时，所有的声音和颜色都从小舞身边消失不见了。她只感到，血液在耳朵深处汩汩流动。

过了一会儿，消失的声音和颜色渐渐恢复了。可是，一切已经不再是从前的样子。小舞的世界再也无法回到从前了。

“她还——”

“活着吗？”小舞咽下后面的话，不由自主地紧紧闭上嘴唇。她深深地吐了一口气，才问道：

“能说话吗？”

妈妈摇了摇头。

“打来的电话里说，是心脏病发作。被人发现倒在地上的时候，已经……没有脉搏了。医院说想解剖，我没同意。她绝对是最反对这种事情的人。”

是啊，她是“那样的人”。小舞把座椅靠背向后放了放，抬起胳膊挡住眼睛。身子好沉啊。这样的打击，已经无法用悲痛来形容。那，从现在开始，要坐六个多小时的车。上高速公路之前一个小时，在高速公路上四个小时，下了高速公路之后还有一个多小时。靠这辆小车跑这么远的路，真是难受啊。小车就像用身体丈量地面似的，爬行着向前移动。

小舞挪开胳膊，凝视着汽车前面的挡风玻璃。挡风玻璃上，滴滴答答落下了雨点。妈妈还没有开雨刷。昨天，电视台说要进入梅雨季了。不，不是电视台，是气象厅。

雨渐渐大了。车窗外的景色模糊起来。妈妈还没有打开雨刷。

小舞悄悄瞅了妈妈一眼。妈妈在哭。没有声音，只有眼泪不停地滚落下来。这是妈妈的哭法。很久以前，小舞也见过妈妈这样哭。

“雨刷。”

小舞轻声说。

妈妈好像一下子陷入了混乱。也许，她先是惊觉自己的泪水，才注意到外面的世界吧。“噢，下雨了。”妈妈顿了一下，打开了雨刷。车窗上的雨滴被擦去，路两旁悬铃木嫩绿的新叶接连不断地映入眼帘，又依次渐渐远去。

悬铃木抽芽，总给人一种“爆发”的感觉，小舞茫然地这么想着，从口袋里掏出手绢，递给妈妈。

“谢谢。”

妈妈条件反射般地回了一句，一只手握着方向盘，一只手用手绢擦着眼泪。

小舞感到，身体重重地不停向下坠去。紧接着，她想起两年前，也是在这样一个即将步入初夏的季节，她和外婆一起度过的一个多月的时光。这回忆像是一股巨大的力量，把她的整个身体使劲拽了回来。这回忆是那么鲜活，屋子和院子的气息、光线的质感、空气的触感，一切都从她鼻息深处复苏了。

妈妈曾经一脸认真地向小舞吐露过："是啊，她就是真正的魔女。"从那以后，只有小舞和妈妈两个人的时候，她们就管外婆叫"西魔女"。小舞回想起的，就是在"西魔女"那儿住的那一个多月的往事。

两年前的五月，小舞小学毕业，刚刚升入初中[1]。事情的开端，是一换季就犯的哮喘。但哮喘好了后，小舞也没去学校。看上去，一想到要去学

[1] 日本的新学期4月份开学。——译者注（如无特殊说明，本书注释均为译者注）

校，她就难受得喘不上气来。

妈妈虽然很发愁，但还是很明智。哄啊，劝啊，发脾气啊，这些无用功妈妈一概没做。因为刚开始时，妈妈不经意地问小舞："你差不多该去学校了吧？"小舞直直地盯着妈妈的眼睛，宣告似的认真说：

"我再也不去学校了。那儿只会让我痛苦。"

于是，妈妈死了心。既然小舞把话说到这个份儿上，事情一定很严重。不过，妈妈还是设法对小舞说：

"明白了。那先暂时不去学校吧。初中开学还不到一个月呢，不用这么早下结论啊。你的身体肯定还没好利索。说不定，再过两周，身体恢复了，就有精神了。"

妈妈并不打算问问她"那儿只会让她痛苦"是怎么回事。这让小舞很不解。可能，妈妈怕知道是怎么回事吧。妈妈曾经也难以融入学校生活，其中有混血儿这个原因。不管是当时，还是现在，这一带都没有国际学校。听到小舞的话，妈妈也许不想重温学校生活吧。

小舞心里这么想。但不管怎么说，妈妈还是在日本上到大学毕业了，够棒的了。可自己呢，刚上初中就要触礁了……

那天晚上，妈妈给独自在外地工作的爸爸打了电话。小舞虽然已经上了床，但她竖着耳朵，一动不动地听着电话。

“……嗯，已经不犯哮喘了，可她说不去学校。……对啊。使劲说她也不行，会适得其反的。理由？谁知道呢。反正这孩子……怎么说呢，兴许是太敏感吧。总之，肯定是受什么伤害了。这孩子，从小就不好带。就是那种活得特别累的孩子吧……我想先把她送到乡下我妈那儿，让她放松放松。那儿空气好，也有利于哮喘的恢复……以前倒听说过‘拒学’这个词儿，万万没想到……自己家的孩子竟然会这样，真是晴天霹雳啊……知道，我没打算这么下定论，当然。不过啊，这孩子可一直是优等生呢，真是没想到……”

接下来，妈妈问起了爸爸的工作情况。但小舞已经无心听下去了。妈妈已经不以我为荣了——这是最让小舞感到难过的。她真想冲出去，向妈妈道歉说“对不起！”，可是，“从小就不好带”“活得特别累”这些话像铁锚一样沉沉地坠入她心中。小舞知道，这些都是事实。

“不得不承认。”

小舞喃喃自语道。这句话她还是第一次说，她觉得自己似乎长大了一些。

“不得不承认。”

小舞又低语了一遍。这样一来，她感觉自己已经完全掌握了这句话。接着，她对自己说，和去学校比，这点儿打击还是能忍受的。再说了，妈妈不是说“先把她送到乡下我妈那儿，让她放松放松”嘛。

小舞从小就喜欢外婆。她动不动就爱一遍遍地说“最爱外婆啦”。对妈妈和爸爸，她会觉得难为情，说不出这种话。或许因为外婆是外国人，所以反而能这样直白地表达感情吧。这种时候，外婆总是微笑着回应她：

“I know。”

外婆的意思是“我知道”。祖孙二人之间这种固定模式的对话，就像好朋友之间的暗语。

一想到能和外婆一起生活，小舞就开心起来了。但同时，她心中也掠过一丝不安。“一起生活”和“偶尔去玩”毕竟不是一回事，小舞想。

完全了解我之后，外婆不会失望吧？就像妈妈对我失望那样。

而且，外婆也有小舞觉得深不可测的地方，这也让她多少有点儿害怕。

但话说回来，那也是外婆深深吸引小舞的原因之一。

下一个星期日，妈妈开车送小舞去外婆家。从当时的小舞家到外婆家，开车大约一个小时。

小舞把学校的课本和文具，还有衣服、漫画、别的一些书、牙刷，甚至还有马克杯一股脑儿地塞到旅行包和纸箱里。

“外婆家，茶杯还是有的嘛。”妈妈见状惊讶地说。小舞是这么想的，只要带上自己用惯了的马克杯，那它所到之处就会咣当一下扩大成“自己的地盘”，这一定能防止出现“想家的念头”。

小舞常常会被“想家的念头”搞得很苦恼。就连在自己家的时候，她也会冒出这种念头，所以称之为“想家的念头”或许有些奇怪。但对小舞来说，只能这么定义。那是一种揪心的失落感。

为什么会有这种感觉？它到底是从哪里来的？到了外婆家，这种感觉也会来吗？这个马克杯能起多大作用？小舞不知道。反正，她得做好万全准备。

车子爬过长长的山坡，进了山。

过了一会儿，右手边出现了一片幽暗的毛竹。随后出现了一户庭院荒芜的人家。那家院子里面的几只狗一起叫唤起来。

妈妈放慢了车速，拐进左边的一条小路。小路窄得只能容下一辆小汽车。两侧的枫树枝丫相交，宛如一条隧道。

车子拐了一个“之”字形的大弯，穿过比小舞略高一些、古老遗迹般的门柱，停了下来。

这儿，就是外婆家的前院了。院子中央挺立着一棵高大的橡树，周围环绕着小径、花花草草和其他庭院树。

小舞和妈妈打开车门下来，外婆正好从家里出来了。

外婆有一双黑褐色的大眼睛，一头褐色的头发——现在已经白了大半——很随意地在脑后绾了个发髻。外婆身材高大，身体硬朗。她闭着嘴巴嘻嘻一笑（怎么看都不是微微一笑，而是嘻嘻一笑），目不转睛地看着小舞她们。

妈妈走到外婆面前，很正式地用右手搂住外婆的肩头，左手搂着外婆的腰，和外婆互相亲了亲脸颊。接着，妈妈回头看看小舞。

小舞也走上去，开口说：

“外婆，好久不见。”

“来啦。”

外婆用流畅的日语说着，双手捧起小舞的脸蛋，抚摸着。

随后，她们穿过院子，绕到房子后面，从厨房门进了屋。

厨房门是玻璃门，进门后是一个阳光房，有一张榻榻米那么大[1]。进到厨房里面，还要再通过一扇门。虽然说是厨房，但就像铺着地板砖的外屋一样，可以穿着鞋出入。

厨房里，朝向后院的窗户旁，摆着餐桌和椅子。

[1] 一张日式榻榻米的标准面积约为1.6平方米。

小舞和妈妈在那儿坐下，一边喝外婆给她们沏好的茶，一边从饼干桶里拿饼干吃。妈妈不停地说着，什么来的路上镇子的变化可真大啊，爸爸在现在工作的地方生活得挺好啊，院子里的植物长势真不错啊，等等，都是些无关痛痒的事情。也就是说，妈妈一直在说和小舞不挨边的事情。

后院里，种着做饭时从厨房一出来就能摘到的葱、山椒、荷兰芹、洋苏草、薄荷、茴香，还有月桂树。小舞茫然地看着外面，心里一边想这些植物沐浴着阳光可真有生机，一边惦记着聊天还没有进入主题呢。

小舞站起来，去了两道门之间窄窄的阳光房。在这个既不算室外也不算室内的空间里，靠着玻璃墙搭了几条细细的木板，上面放着小盆的盆栽和修剪花木的剪子、喷壶什么的。靠近地面的一段没有搭木板，玻璃上布满常年累积的泥点，脏兮兮的。地板砖的角落里还长着杂草。

妈妈压低了音量。她又在说“这孩子不好带”吧。妈妈到底在说什么呢？小舞听不清楚。

小舞蹲下来，出神地盯着那棵杂草。它开着蓝色的小花，好像小了一圈的勿忘我。

突然，传来外婆响亮的声音：

“能和小舞一起生活，我真开心。小舞这么好的孩子能生在咱家，我一直心存感激呢。”

小舞闭上眼睛。她慢慢地深呼吸了一下，又睁开眼睛。这朵蓝色的小花多么可爱啊，简直在闪闪发光呢。小舞双手轻轻捧住那朵小花。

“小——舞。”

妈妈在叫她。

小舞腾地一下跳起来，回答了一声。

妈妈笑容满面地说：

“咱们做三明治吧。你去后院田里摘点儿生菜和旱金莲。”

“好——的。”

小舞轻快地答应着，跑到外面。

经过月桂树，那边有一块田地。走进田里，小舞的脚陷入了松软的泥土中。田里杂草丛生，露水打湿了她的小腿。生菜伸展着大大的叶子，小舞用力把正中间的菜心摘下来。这一下子，胖乎乎的鼻涕虫吧嗒一下掉下来，吓得小舞一哆嗦。她赶紧往回走，从月桂树树根旁茂盛的旱金莲上采了几片叶子，回到厨房。

妈妈在给切得薄薄的面包片涂黄油。外婆在煎鸡蛋，满屋都飘着被黄油融化的鸡蛋香味儿。

“这些够吗？”

小舞不知是在问妈妈，还是在问外婆。

“够。”

妈妈和外婆同时说。她俩对视了一下，妈妈笑着耸耸肩，意思是让给外婆说。

“洗一洗，先放在笸箩里吧。”

外婆俨然像个指挥者，慢条斯理地说。

“生菜要几片？”

“三四片吧。”

小舞撕下三片半生菜，和旱金莲一起放到洗菜的笸箩里沥水。

外婆走了过来：“谢谢啦！”说着，外婆依次把每片生菜放在手掌上，一边吧嗒吧嗒拍去水分，一边把生菜压平。接着，外婆把生菜撕得不大不小的，放到妈妈摆好的面包片的其中两片上。外婆又从冰箱里拿出火腿，在两片面包上各放上一片，旱金莲也同样各放上一片。

在剩下的面包片上，外婆或者只放上几片生菜，再撒上盐，或者只放上煎鸡蛋，然后依次盖上面包片。接着，外婆把放好食材的面包片摆到案板上，也不切面包边，咔嚓咔嚓随手切成三等份。这工夫，妈妈把水壶里的开水倒到茶壶里，准备泡红茶。

“小舞，从碗柜里把盘子拿过来吧。”外婆对小舞说。

小舞拿起一个圆形的大浅盘问：

“这样的行吗？”

“行，吃饭一般就用那样的盘子。”

小舞把三个盘子摆在配餐台上。外婆把做好的三明治啪、啪、啪地放到盘子里，接着从配餐台下面的抽屉里拿出桌布，铺到餐桌上。

“小舞，把杯子拿过来吧。”

“哦，小舞把自己的杯子带过来了。”妈妈瞧了小舞一眼，说，“对了，行李还在车里呢。你去拿进来吧。”

“啊？我一个人？”

“不就是一个旅行包加一个纸箱子嘛。车里有拉杆车，一趟就拉过来了。”

“好——吧。”

小舞叹了口气，走出厨房。她朝着停车的前院走去，看到一个不认识的男人正在探头探脑地往车里看。

那个男人皮肤黑得就像盛夏烈日投下的阴影，身上胖得颤悠悠的，唯独那双眼睛贼亮贼亮的。

小舞有些不敢往前去。可不管怎么着，得先把行李从车里拿出来。

那个男人也注意到了小舞，他有点儿尴尬地移开了视线。车里面到处散落着小舞她们来的路上吃的点心的包装袋和果汁罐。

这个厚脸皮的男人让小舞心里直冒火，她冷冷地跟他打了个招呼：

"你好。"

男人直眉瞪眼地盯着小舞，嘴里含含糊糊地哼哈了两声。接着，他猛地喊了一嗓子：

"你打哪儿来？"

小舞吓了一跳，急忙说：

"这是我外婆家。"

男人又直勾勾地打量着小舞，问：

"来玩儿的？"

声音还是那么大。

小舞犹豫了一下，说：

“在这儿住一阵。”

她又小声加了一句“来养病”。

“嗬，真享福。”

男人甩下这么一句，走出了院门。

小舞气得肺都要炸了。打开车后备厢的时候，手还抖得使不上劲儿。

那家伙凭什么这样跟自己说话啊？不声不响地进了别人家，还问人家“你是谁”！他怎么那么横?！

小舞从后备厢里取出拉杆车，噼里啪啦地组装好，把纸箱子放上去，又在上面放上旅行包。她刚才的好心情一下子飞到了九霄云外。她甚至忘了给拉杆车系上绳子，也没有小心地用手扶着，中途旅行包掉下来好几次。

小舞费了半天劲儿才回到厨房，外婆和妈妈已经坐在餐桌旁等她了。小舞强忍着眼泪，把刚才的遭遇说了一遍。

妈妈一脸困惑地说："真过分。那是谁啊？"她扭头问外婆。

外婆让小舞坐到餐桌旁，说：

"可能是元治吧。估计是他听到狗叫，看见有不认识的车开进咱家，他有点儿担心，所以过来瞧瞧吧。"

"元治？哎？他回来了呀？"

妈妈眉头一皱，打开旅行包，拿出小舞的马克杯，在水龙头下面洗了洗，拿了过来。虽然刚才包掉下来好几次，马克杯倒是安然无恙。

"那人是谁？住在哪儿？"

小舞的语气依然有些激动。

"元治家在路那边。我经常找他帮忙干点儿院子里的活儿，还有买买东西什么的。"

外婆往小舞的杯子里倒上牛奶，又倒上红茶，放到小舞面前。

“好漂亮的杯子。小舞就是有眼光。”

小舞使劲呼了口气，吸溜了一口奶茶。奶茶沏得很浓，香喷喷的，真好喝。

刚才听外婆的语气像是在袒护那个男人，这让小舞心里很不安。现在，她总算平静了一些。

“路那边的房子？噢，就是刚才好多只狗叫的那家吧？上次来的时候，我记得没有那些狗啊。”

“元治一直在镇上住。前不久，他搬回来了。因为他父亲去世了。”

妈妈转向外婆，小声问：

“他到底还是离婚了吧？”

外婆一边伸手去拿三明治，一边说：

“不太清楚。看样子，现在他一个人住呢。”

小舞也伸手拿了一块三明治，把里面的旱金莲叶子抽了出来。她不喜欢旱金莲那股刺鼻的辛辣味儿，好像山葵酱或者芥末的味道。妈妈看见小舞这样，没有说什么。

“那人经常来吗？”

小舞一边大口嚼着三明治，一边问外婆。她的语气已经平静多了。

“也不怎么常来。哦，对了，小舞住哪个房间呢？阁楼上的两个房间，想住哪一间？”

话题突然变了，小舞还完全没考虑这个问题呢。她连忙琢磨起来。

这座房子一楼的布局是，朝向前院的是起居室、储物间和正中间外婆的房间，朝向后院的是这个厨房。

被叫作阁楼的二层，朝向前院的是外公曾经用来放东西的房间，朝向后院的是妈妈以前住过的房间。外公很喜欢矿石，所以朝前院的房间现在依然摆满了石头。从那个房间的窗户还会看见那个男人吧，小舞心中掠过一丝不安。于是，她决定选妈妈的房间。

“我住妈妈的房间。”

听到她的话，妈妈笑了笑。

“好久没进那个房间了，还是原来的样子吗？”

“老样子。”

“我去看看。得打扫一下呢。”

说完，妈妈匆匆上了二楼。外婆嘻嘻一笑，给小舞使了个眼色。

“你妈呀，她是去收拾不想让你看到的东西呢。”

“真的？”

小舞惊讶地问。这她倒没想到。

“是什么呀？我好想看看啊。”

外婆又嘻嘻一笑，摇摇头说：

“小舞也有不想被别人看到的东西吧？”

“可能吧。”

小舞装起了糊涂。

“人在长大的过程中，这样的东西会越来越多。你妈……”

外婆拿出香烟、火柴盒和烟灰缸，点燃了一

支烟。

“是在那个房间长大的，所以肯定有很多这样的东西，我想。”

小舞完全不在意外婆抽烟，外婆也知道这一点。但妈妈老是以小舞的哮喘为挡箭牌，让爸爸戒烟，也一直不喜欢外婆抽烟。所以，外婆在妈妈面前尽量不抽烟。

厨房的餐桌是长方形的，不大不小刚刚好。桌上摆着一个五六厘米高的陶制小花瓶，里面插着从院子里摘来的可爱花朵。

朝向后院的窗台上，放着外公的照片。外公是长脸形，蓄着花白胡须，头上的草帽在他脸上投下一块阴影。肯定是夏天时在这个院子里照的。外公眯着眼睛微笑着。在外公身旁，那只叫黑炭的黑狗盯着镜头的方向，眼神里透着一股伶俐劲儿。黑炭和外公都已经不在了。

小舞很喜欢这张照片。

外公以前在教会私立中学当自然老师。在那儿，他遇到了前来担任英语老师的外婆，和外婆结了婚。外公在小舞小时候就去世了，所以小舞对外公几乎没有什么印象。

如果外公和外婆没有相遇，那就不会生下妈妈，那自己现在也不会在这儿。不，如果一开始外婆没有想来日本……想到这儿，小舞觉得一切都是那么神奇。

“外婆，你为什么会来日本？”

外婆轻轻吐出一口烟，说：

“明治初期，我的祖父，也就是你的曾曾祖父，曾经来日本旅行过。日本人的礼貌文雅、坚毅刚正让他深受感动，带着这样的印象他回了英国。我从小就听我祖父讲他在日本的所见所闻，所以一直憧憬着有一天去日本。”

外婆凝神眺望着窗外，仿佛回想起了往事。

“长大后，我在教会工作的时候，听说正在招募前往日本当英语老师的人，我就毫不犹豫报了名。”

“家里人都没有反对吗？”

“受祖父的影响，家里人都对日本很有好感。不过，那时候没人想到我会在日本待这么长时间吧。除了我姑妈。”

“外婆，你后来一直没有回去过吗？”

“新婚旅行的时候回去过一次。后来，我爸爸和我妈妈去世的时候也回去过。”

“他们没有反对你和日本人结婚？”

“刚开始的时候，当然不是特别开心。大概是为我担心吧。不过，姑妈支持我，她说我和日本人结婚是早已定下的事。还有，后来大家见到你外公，都很喜欢他。这事就妥了。因为呀，你外公就是我祖父说的那种日本人呢。”

“这么说来，外婆从小就爱着外公喽？”

“呵呵呵，兴许是这样吧。人的命运，就是由各种伏线交织而成的呢。”

砰，二楼传来关门的声音。妈妈从楼上下来了。每下一层台阶，楼梯就吱扭一响。

“待了这么半天哪。”

外婆温柔地对妈妈说。

“嗯。”

妈妈长长地喘着气，坐到餐桌旁。

“我把架子上和抽屉里的东西都装到纸箱里了，好让小舞有地方放东西……”

“每样东西都很令人怀念吧？”

“是啊。最后用胶带把箱子封上的时候，感觉就像把我人生的一部分封存起来了。”

小舞觉得，自己仿佛能明白妈妈此刻的心情。虽然，她来到这个世界上才十三年。

那天，妈妈和小舞一起在阁楼过的夜。第二天一早，天还没亮，妈妈就回去了。

小舞在床上感觉到妈妈下楼了，但她没吱声。

一是因为她睡得迷迷糊糊的，二是因为如果这会儿和妈妈搭话，又得互相说一番“再见”“保重”“多加小心”，这会让寂寞和失落加倍的。于是，小舞隐隐约约地听着妈妈的汽车开走的声音，又把自己赶进了睡梦中。

等她再一次睁开眼睛时，妈妈的身影果然不见了。突然，那种“想家的感觉”向她袭来。

不过，这次来的缘由清清楚楚，总比无缘无故地袭上心头要强得多。但那股原始、粗犷的威力是一样的。小舞感到一种揪心的痛楚和孤独，仿佛乘坐着一部电梯在不停地向下坠落。这种时候，只能一心一意地等待这种感觉过去。

那天早晨，小舞忍受着那种欲哭无泪的孤独感，下楼去了厨房。她在心中想：长大以后，我一定要弄清楚，这种感觉是从哪里来的，为什么老是缠着我？

外婆看到小舞，嘻嘻一笑。“早啊。”说着，外婆把面包片放到烤面包机里。小舞也对外婆说了一声“早”。

“妈妈早早就走了。”小舞轻声说。

“是啊，这会儿已经到了吧。早上车少嘛。要打个电话吗？”

小舞摇摇头。她还能忍住。给妈妈打电话，就留着当最后的救命稻草吧。再说啦，看，外婆已经把我的马克杯拿过来了。有了它，我就能打起精神来了。

小舞双手捧起马克杯，喝着外婆给她沏好的红茶。她偷偷瞅了一眼正把煎蛋放到盘子里的外婆。她俩正好四目相接，外婆又嘻嘻一笑。

小舞心里一激灵，慌忙移开视线。她觉得，外婆似乎看穿了她的心思，就连“想家的感觉”也被看出来了。接着她又担心起来，外婆会不会不高兴啊？这时，外婆说：

“咱们今天去后山干活儿吧。”

外婆突然说出这句话，小舞很吃惊。

“干什么？”

外婆把装着面包片和鸡蛋的盘子端过来，说：

“去了就知道啦。吃了这个，你先一个人去后面散散步吧。”

小舞完全没有食欲，但她不想让外婆不高兴，就努力把早饭吃光了。她也没心情去外面散步。不过，既然外婆一片好意，她在心里这么对自己说着，拖着沉重的步子走到外面。

和小舞的心情正相反，外面的天气好极了。早晨清新的空气在阳光的照耀下，闪闪烁烁。顺着后院右边向里延伸的小路，很快就走到了鸡窝旁边。再往前去，是一片向阳的杂树林。杂树林里东一棵西一棵地长着栎树、橡树、榛树和栗子树。“哇！”走到这里，刚才一直心不在焉的小舞不由得轻声叫起来。在这片树木稀疏的地面上，覆盖着一大片红通通的野草莓，好像一颗颗红宝石！

“哇，好美啊。”小舞喃喃自语着，小心翼翼地向前走去，生怕踩到野草莓。它们简直和真正的宝石一模一样！这水灵灵的、柔软的、容易受伤的宝石啊。小舞全神贯注地留神着脚下，费了老大劲儿才穿过杂树林。

前面出现了一座视野开阔的山丘。那一片野草莓波浪居然没有流淌到这里。覆盖着这座山丘的，是一片夹杂着具芒碎米莎草的狗牙根草草原。四周已经弥漫着初夏时节的青草气息。

小舞在山丘上坐下来，凝望着远处泛着淡青色光晕的山峦。微风吹拂着山丘下面栗子树嫩绿的新叶，远方杜鹃鸟“布谷、布谷”的叫声在山野里回响。

天哪！就在不久前，自己还陷在狭小教室中，陷在令人倍感煎熬的人际关系里动弹不得呢，这简直太不真实了。

小舞不由得深深吸了一口气，轻声说：

“Escape。”

是的，自己现在在“逃离”。小舞知道，自己早晚还得回到那个世界。她真想哭一场啊。啊，不过，至少在这里，心情是多么舒畅啊……

“小舞——！”

后面有人喊她。小舞回头一看，外婆双手拎着桶，站在那儿。

“走吧，咱们开始摘吧。”

小舞立刻就明白了，外婆说的是摘野草莓。

“太好啦！外婆。”

小舞瞪圆了眼睛，站起来朝外婆走去。

“咱们做草莓酱吃。加油哦，多摘点儿。”

“好。”

小舞和外婆并排蹲下，摘起野草莓。外婆桶套着桶，一共拿了三个桶。怎么可能摘这么多呢？小舞心想。没想到，最后三个桶都装得满满的。

外婆一边摘，一边和小舞说着话。她说，和普通草莓果酱相比，外公更喜欢这种野草莓果酱（当时，外婆说到“野”这个字时，格外用力）。外公真的很热爱大自然呢，尤其喜欢矿石。

小舞一边听一边想，外公去世后外婆该多悲伤啊。不过，很久以后，小舞才意识到，当时的自己根本不明白那到底是怎样的一种心情。

鲜红的野草莓那翠绿的茎上，不断有黑蚂蚁爬上来，爬下去。小舞把一个野草莓放进嘴里，一股浸透了阳光的甜味儿流入舌尖。

“你妈更喜欢吃木莓。木莓还得再等一个月。”

“妈妈也会这样帮忙？”

外婆摇摇头，说：

“那时候这儿还没有这么多野草莓呢。是从你外公去世后的第二年开始，长了这么一大片。”

“哎？”

小舞努力想象着那一年的情景。外婆第一次看到这一大片红宝石地毯时，就像刚才的自己一样激动吧。

“简直像外公送您的礼物呢。”

“真是那样呢。因为呀……”

没想到，外婆的语气很认真。

“那天是我的生日呢。我立刻就明白了那份心意。你外公啊，从没有忘记过我的生日呢。”

时间，小舞不知道该说什么好，她赶忙说：

“外婆，你一定很高兴吧？”

外婆微微一笑，说：

“高兴，高兴。我高兴得蹲在这儿哭了。”

突然间，小舞眼前似乎出现了外婆当时的样子。

她慌忙眨了眨眼睛。

小舞和外婆花了将近一上午的时间才摘完。她们把铁桶运到厨房门前。那儿有两个灶台，在外面用大锅咕嘟咕嘟煮东西的时候用。外婆打开灶台旁边的水龙头，把野草莓一个个地检查、清洗之后，放到笸箩里控水。小舞也来帮忙。要是不这样检查、清洗一遍，里面会有黑蚂蚁。

终于，三桶野草莓都洗完了。外婆从厨房抱出两个一搂粗的大锅，在水龙头下面冲了冲，放到地上。

接着，外婆从屋檐下面搭的简易柴棚里抱来一捧劈柴和杉树叶。外婆在灶台前面蹲下，先铺上一层干透的杉树叶，再铺上小树枝、细劈柴。接着，外婆从围裙口袋里掏出火柴，点着了杉树叶。杉树叶一下子着了，噼里啪啦烧起来。火焰蔓延到小树枝上，又笼罩了细劈柴。

看到细劈柴完全燃烧起来了，外婆又在上面放上粗劈柴。然后，外婆站起身，叫小舞把锅端过来，放到灶台上。锅里残留的水，转眼间就不见了。外婆在一口锅里加上一铁桶水，在另一口锅里加上一桶水和半桶野草莓。

“小舞，厨房配餐台下面有砂糖，拿四袋过来吧。”

小舞按外婆说的，去厨房把四袋砂糖一次拿过来了。

外婆又嘻嘻一笑，说：

“没想到小舞这么有劲儿呢。”

听外婆这么一说，小舞才发现四袋砂糖确实够沉的。外婆像是在表扬自己呢，小舞很开心。

外婆把两袋砂糖全倒进有野草莓的锅里。

“放这么多糖，对身体不好吧？”

小舞担心地问。妈妈总是说，糖吃多了对身体不好。

“没事儿，果酱一次又吃不多。再说了，越甜，保存时间就越长。来，小舞，你用这个慢慢搅吧。”

外婆若无其事地说着，把木勺递给小舞。她自己从事先拿出来的纸箱里依次拿出形状不同、大小不一的玻璃瓶，拧开瓶盖，把瓶子轻轻放到煮得滚开的水里。这样咕嘟咕嘟煮了一会儿后，外婆用长筷子和厚厚的隔热手套熟练地把玻璃瓶一个个捞出来，摆在大大的竹笸箩上晾干。

玻璃瓶慢慢冷却下来，转眼间就干透了。锅里的果酱也渐渐泛起了白色的浮沫。外婆让小舞仔细地把这些浮沫撇掉。接着，外婆调小了灶台的通风口，火势弱了下来。

小舞按外婆说的，一遍遍撇去浮沫，搅动着果酱。这工夫，外婆把剩下的野草莓和砂糖倒到另一口锅里，同样搅拌起来。

“小舞干得真不错啊。”

外婆一边搅拌着果酱，一边夸小舞。

“咕咕——叩叩——”远处传来了竹鸡的叫声。

果酱的香味儿引来不少苍蝇。好在干爽的风不时吹过，让人不觉得这些苍蝇太烦。小舞这口锅里的果酱差不多能拉丝了。

“小舞，咱俩换一下吧。”

外婆把木勺递给小舞。她自己拿起一把大勺在锅中骨碌骨碌搅了两三下，便开始把果酱舀出来装瓶。这样做出来的一瓶瓶果酱，除了日常吃，其余的外婆会收在柜子里，去别人家时当作礼物，或者小舞她们来时送给她们。

终于，所有的瓶子都装上了果酱。外婆趁热把瓶盖拧紧。

外婆在切得薄薄的烤面包片上涂上黄油，又抹上一勺刚做好的草莓酱。像是犒劳小舞似的，外婆一边把面包片递给小舞，一边说：

“今年有小舞，可帮了我的大忙了。”

小舞心里高兴得不得了，但她努力装作镇定地说：

“外婆，明年，还有后年，以后我都来帮你干活儿。”

外婆开心地笑了笑，什么话也没说。

小舞和外婆做的果酱，是一种近乎黑色的深红色，红得那样深邃、通透。尝一尝，味道酸酸甜甜，有一股树林深处的草木芳香。

那天晚饭前，小舞一直在收拾房间。晚上吃的是咖喱饭。外婆是特意为我做的吧，小舞想。

收拾完厨房后，外婆抱着装着今天新做的瓶装果酱的纸箱，小舞拿着一个装着纸和剪刀的盒子去了起居室。

在起居室里，她们一边看电视，一边给果酱瓶贴上写着日期和果酱名称的标签。外婆做的标签很简单，只是在普普通通的长方形纸片上用黑笔写上字。小舞做的标签很漂亮，她把长方形的四个角剪掉，变成八角形，还用好几种彩色铅笔画上花边。

“小舞真有品位啊。这样可真好看，颜色也搭配得恰到好处。”外婆摩挲着小舞的头，说，“我外孙女这么有艺术天分，真让我引以为傲。”

外婆像是在自言自语。这让小舞觉得怪害羞的。外婆常常这样毫不避讳地称赞自家人。而且，外婆会无比自然地告诉对方自己以此为傲，自然得就像给植物浇水。

贴完标签，小舞继续看电视。外婆拿来针线盒，缝起了东西。

过了一会儿，没什么好看的电视节目了。小舞凑到外婆身旁，问外婆在缝什么。

“给某人做围裙呀。在院子里用的，还有在厨房用的。”

听到外婆的话，小舞又一次去看外婆手里的东西。这是一件天蓝色的旧衣服，下摆被截去了三十来厘米。外婆正在给袖口加松紧带，把袖口缩小一些。

“这是你妈以前的一件睡衣。我用上面的部分给你改一件罩衫，在院子里干活儿穿。下摆呢，能做成三条可爱的围裙，防止把衣服溅湿。”

“嗯。”小舞下意识地应了一声。一股暖流涌上她的心头。

“最爱外婆啦。”她像以往那样飞快地轻声说着，脑袋蹭着外婆的后背。

“I know。”外婆也微笑着对她说。

接着，外婆一边干着手里的活儿，一边若无其事地问：“小舞，你知道魔女吗？”

“魔女？就是穿着黑衣服、骑着扫帚的魔法师？”

“对呀。其实，她们几乎不骑扫帚呢。”

“哎？真的有魔女吗？那不是电视啊，漫画啊，故事里才有的吗？”

“这个嘛，可能和小舞想的魔女不太一样吧。不过，真的有呢。”

这可是个小舞完全没有想到的话题。她感到，刚才已经开始犯困的脑袋突然清醒了起来。

“怎么个不一样呢？外婆，快告诉我啊。”

“这个嘛。小舞生了病，会怎么办呢？”

“去医院啊。”

“要是想知道明天的天气呢？”

“听天气预报啊。”

“嗯。不过，很久以前，没有医院，也没有气象台，没有电视，没有收音机，没有报纸的时候，就连基督教也没有的时候，你觉得人们会怎么办呢？”

“连基督教也没有？那就是说，公元前？”

“是啊。那时候也有很多人啊。当然啦，没有现在这么多人。那时候，人们是依靠从祖先那儿一代代口口相传下来的智慧和知识生活的。比如，能治愈身体疾病的植物知识，和险恶的大自然共存的生活智慧，避开预料中的困难、坚忍生活下去的力量，等等。在这些方面，古时候的人比现在的人要懂得更多。其中有一些人，对这些知识了解得格外多。人们会去拜访这样的人，就像患者去找医生看病，信徒追随教主，学生去请教老师。渐渐地，这些有特殊才能的人所拥有的知识，就子子孙孙一代代地传承下来。不只是智慧和知识，还有特殊能力。”

“那就是说——”小舞整理着思路，问道，“超能力？外婆，你是说超能力可以遗传？”

外婆停下手里的针线活儿，拉过旁边的香烟和烟灰缸。接着，外婆从口袋里掏出火柴，点燃了香烟，轻轻吸了一口。

“这么一说啊，听起来好像很荒谬似的。其实，人们或多或少都有这样的能力。只不过，有些人这样的能力比别人要多一些。就好像，有人唱歌唱得比别人好，有人计算算得比别人快。我的祖母就是这样。”

“歌唱得好？”

外婆笑着说：

“对，歌唱得也好。不过，她更出色的是预知能力。就是那种可以叫作透视的能力吧。”

小舞屏住呼吸，紧张地等着外婆后面的话。

“小舞你也知道，我的祖父来过日本。那时候，我的祖母只有十九岁，是一个已经和我祖父定下婚约的年轻姑娘。有一天下午，她正在缝为结婚准备的搌布[1]。突然，她眼前出现了夜色中的茫茫大海……”

“哎？”

看到小舞吃惊地瞪圆了眼睛，外婆冲她嘻嘻一笑，让她平静下来。

“她看到，我祖父一个人在大海中奋力游着。她有一种直觉，我祖父游错了方向。她不由自主地大喊一声：‘往右边游！’就在这一瞬间，大海和祖父都消失了，她手中还是那条缝了一半的搌布。她这才明白，自己刚才又做了个白日梦。因为，这

[1] 搌（zhǎn）布是指擦拭器皿、桌椅等的布，既包括擦拭餐具的布，也包括擦除一般污渍的抹布。在本书中，“搌布”和“抹布”对应不同的原日文词，固作此区分。

已经不是她第一次这样做白日梦了。”

“她常常那样？”

“是啊，她常常那样。就在这个时候，我祖父正在从横滨开往神户的船上。他夜里睡不着，到甲板上吹吹夜风。一不留神，他竟然掉到了大海里。”

外婆身子一缩，喃喃地说：

“这真是这世上最不希望发生的事情之一啊。掉到夜色茫茫的大海里……”

“后来呢？后来怎么样了？”

“不幸的是，谁也没有发现祖父掉下去了。船就那样开走了。”

“啊？！”

小舞害怕地大叫一声，双手握成拳头放在嘴上。

“后来呢？后来呢？”

“没办法，祖父只好向着船开走的方向游了起来。很快，他感到自己是那么悲惨、孤独，害怕得都要哭了。他想，如果就这么死了，自己的未婚妻恐怕一辈子都无法知道自己遭遇了什么吧。祖父忍不住呼喊起祖母的名字。就在这个时候，祖母那熟悉的声音突然响彻四周：‘往右边游！’”

小舞打了个激灵，倏地挺直了腰。

“祖父毫不犹豫地朝右边游去。他不再感到孤独，也不再害怕。终于，他游到沙滩上，上了岸。第二天早上，人们在渔民的窝棚里发现了瑟瑟发抖的祖父。后来，听人家说，当时他如果不掉转方向，恐怕早就被巨大的漩涡卷走了。”

“啊，好可怕！”

“祖父在旅途中给祖母写信，信中写到了这次奇遇。祖母在回信中，只提到为祖父获救感到高兴和欣慰，其他什么都没提。”

“为什么呀？应该告诉他‘是我救了你呀’。”

“因为是那个时代嘛。在很长时间里，我祖母拥有的那种能力是被人们所忌讳的。在被某种秩序所支配的社会中，与那种秩序格格不入的能力是被排斥的。在我祖母那个时代，即使不受到排斥，也无法期望能享受到普通的幸福吧。”

“啊，这样啊？要是现在的话，早就成电视明星了。”

外婆无奈地笑了笑。

“小舞觉得那就是幸福吗？被别人注视，会让一个人幸福吗？”

小舞陷入了沉思。对小舞这一代人来说，成为电视明星就意味着成功。成功不就是幸福吗？不过，每天都过着万众瞩目的喧闹生活，可能也很辛苦吧。

“我也说不清。”

“是啊。到底什么是幸福，对每个人来说是不一样的。小舞，你也要去探索什么才能使自己幸福呢。”

小舞一边继续思索着，一边说：

“不过，得到别人的注视，就能被刮目相看吧？那就不会受冷遇或者被欺负……就不会被别人无视了吧？”

“被欺负或者被无视，也是一种被注视呀。”

外婆抚摸着小舞的脸，温柔地说。

“啊！”小舞冷不防地叫了一声，“难道，咱们家就有这样的血统？”

“完全正确。”

外婆嘻嘻一笑。

“不过呀，今天就先聊到这儿吧。夜已经很深了。”

那天夜里，小舞躺在床上翻来覆去地想，自己身边发生过那种神奇的事情吗？最后，她得出一个结论，想来想去自己都不是有那种能力的人。就这样，她半是安心半是遗憾地睡着了。

小舞做了一个梦。

天上没有任何星光，黑漆漆的大海无边无际。海水就像漆黑的天鹅绒，缠绕着自己。只听到自己游动激起的波浪声。

自己一定非常寂寞吧。不，根本顾不上想这些，自己只是拼命地游着。孤零零一个人。

这时候，有一个声音从自己的内心和周围同时响起：

“向西边去！”

第二天，小舞醒来的时候，外婆已经在院子里给花草树木浇水了。今天和昨天一样，是个万里无云的好天气。小舞穿着睡衣去了院子。

“外婆，早啊。”

“早啊，小舞。”

外婆关上水龙头，在围裙上擦着手，露出一个调皮的笑容，问小舞：

“小舞，你叫得出多少种植物的名字啊？”

小舞用手指抵着嘴唇，一边想，一边说：

“外婆，你以前不是告诉过我几种植物吗？这

是金桂，这是玫瑰，正中间那棵大树是橡树吧？秋天会掉下好多橡子……”

“没错，小舞记得真清楚啊。那你知道这个叫什么吗？”

外婆指着茂盛的玫瑰丛中蓬勃冒出的一丛植物。那丛植物的叶子很像水仙叶子。

“是水仙吗？不对？”

外婆嘻嘻一笑，摇了摇头，没说话。

“那我就不知道了。是什么啊，外婆？”

“是小舞很熟悉的东西哦。大——蒜。”

“哎？就是那个难闻的大蒜？大蒜长在哪儿呢？”

“呵呵。大蒜和球根植物一样，收获的时候要从地里挖出来。像这样把大蒜种在玫瑰丛里，玫瑰不容易长虫子，开花还格外香。好啦，你去换衣服，咱们吃早饭吧。今天是味噌汤和米饭。”

“好——的。”

小舞很开心外婆教给自己这些。她觉得，这些好像是昨天晚上外婆讲的那些神奇故事的一部分。

早饭后，鸡窝的门打开，鸡出来了。一只公鸡，三只母鸡。公鸡一副唯我独尊的样子，高昂着脑袋，藐视着四周，率领着母鸡们走了出来。小舞她们每天早上吃的就是这些母鸡下的蛋。

今天也是一个好天气。公鸡舒舒服服地享受着日光浴，啪嗒啪嗒拍着翅膀，喔喔喔地叫起来。接着，公鸡用爪子刨着院子的地面，脑袋飞快地一上一下地寻找着地里的蚯蚓和小虫子。母鸡们也学着公鸡的样子，在各处啄来啄去。一有哪只母鸡找到了蚯蚓或者蝼蛄，公鸡就立刻冲过来抢走人家的战利品。

每当看到这样的场面，小舞既觉得这只公鸡滑稽，又觉得愤愤不平，很想替母鸡们报仇雪恨。不过，小舞以前用扫帚把捅过那只公鸡，暴怒的公鸡朝她扑了过来。从那以后，小舞就很小心地和这只公鸡保持着距离。

那件事之后，不知不觉中，小舞和公鸡的关系变得很僵，互相看对方都很不顺眼。（虽然没有人知道公鸡是怎么想的，但它老是频频瞅向小舞这边，这可是事实。）

小舞留意着公鸡的视线，从鸡群旁边走过。接着，她穿过长着野草莓的杂树林，来到山丘上。小舞尽情地深深呼吸着，胸中充满了五月的新绿散发的清香。

从山丘斜着向下，有一条窄窄的小路向前延伸而去。虎杖草、羊蹄草和艾草盖住了路的大半。小舞记得，小时候外婆带着自己从这条小路走下去过。

小舞回想着当时的情景，不由自主地顺着小路向下走去。当时是去哪儿呢？……虽然想不起来了，但她记得当时好像看到过什么奇妙的东西。

向下大约走了五米，来到一块向阳的林间空地。空地左边是一片竹林，右边是一片杉树林。小路向着杉树林深处延伸而去。

小舞眼前这块亮堂堂的空地，像是在幽暗潮湿的竹林和杉树林中间，面向天空敞开了一块。虽然和小舞记忆中去过的地方不一样，但不知为什么，小舞十分喜欢这儿。

空地上有好几个老树墩。树墩周围的洼地上，好多株开过了花的紫花地丁结着胀鼓鼓的果荚。小舞想象着这些紫花地丁盛开的样子，心中一片欣喜。但一想到自己没能看到这样的美景，又觉得很遗憾。

小舞坐到一个树墩上，心情平静了下来。她感到，内心踏实又安稳。

小樟树、小栗树、小桦树等树木环绕四周。小舞坐在这里，觉得某种宝贵、温暖、柔软、可爱的东西就藏在身旁。这儿，就像一个用小鸟胸毛编织成的舒适的小鸟窝。

“我好喜欢这儿啊。”

小舞喃喃自语。

和昨天一样，传来了杜鹃鸟的叫声，清爽的风拂面而来。小舞用自己的语言慢条斯理地重新思考着昨天晚上外婆给她讲的故事。

——如果外婆说的是真的（应该是真的吧。外婆肯定不会撒谎呀，更何况是这么离奇的故事），那我身上也流淌着魔女的血液。那就是说，以后我也可能拥有超能力呢。这虽然有点儿可怕，但要是那样的话，我就不会像现在这样害怕上学了。我就能像在水中自由自在游泳的鱼儿一样，能避开各种各样的障碍，万事顺遂地生活下去吧？

想到这里，小舞不由得兴奋起来，顿时觉得眼前一片明亮。

那天晚上吃过晚饭后，外婆在起居室里做着针线活儿。小舞鼓起勇气，问外婆：

“外婆，我要是努力的话，也能拥有超能力吧？”

外婆像是听到了什么出乎意料的话，目不转睛地瞅着小舞。小舞不由得脸一红，心想自己是不是问得太轻率了。

“是啊，小舞并不是一出生就有那种能力。所以，需要相当努力呢。”

外婆一边思考着什么，一边慢条斯理地选择着语言。

“我会努力的。”一门心思想拥有超能力的小舞对外婆说，“所以，告诉我嘛，外婆。我应该怎么努力？”

“好的。”外婆故意一本正经地回答说，“首先，你得进行基本功训练。”

“基本功训练？”

“是啊。超能力啊，主要是精神世界的产物。要想驾驭这种能力，需要精神方面的力量。比如说吧，说到运动，游泳运动员也要进行陆上训练，排球运动员和棒球运动员也要进行俯卧撑、柔软体操这些和比赛没有直接关系的训练。你知道这是为什么吗？”

“为了增强体力吧？”

“对。就像体育运动需要体力一样，要想拥有魔法和创造奇迹，就需要精神力量。如果手臂没有力量，就挥不动球拍和球棒，是不是？”

“外婆，你是说要想增强精神力量，就得进行基本功训练？”

“是啊。”

小舞有一种不好的预感。

“精神力量，就是毅力那种东西？”

小舞内心里一向认为自己完全没有持久力——就是那种被统称为毅力的东西。如果成为魔女需要毅力，那小舞简直不是从零开始，而是从负数开始了。前途简直一片黯淡。

“说到毅力，你会想到要咬牙坚持吧。外婆说的精神力量啊，是要牢牢竖起能捕捉正确方向的天线，身体和心灵都准确地去接收那样的信号。”

“哦。”

小舞似懂非懂，心情有点儿复杂。

“是要坐禅或者冥想吗？”

外婆又嘻嘻一笑，说：

“那有点儿太早了。就好比，突然挥拍会让胳膊脱臼的。”

小舞很失望。要是坐禅或者冥想还太早的话，那靠超能力预知未来，念念咒语就能变身，不是更遥遥无期吗？

“听我说，小舞。”外婆故意装出开玩笑的样子，压低声音说，“这个世界上有很多蠢蠢欲动的恶魔呢。它们随时在窥视着，要抓走那些冥想时意识蒙眬而且意志力薄弱的人呢。”

虽然知道外婆是半开玩笑，但小舞还是觉得后背一阵发冷。

“外婆，真的有恶魔吗？”她提心吊胆地问。外婆一定会说没有的，她心里想。

没想到，外婆的回答简单明了：

“有啊。”

小舞倒吸了一口凉气。

外婆又嘻嘻一笑，接着说：

“不过呀，只要把精神锻炼好，就不怕。”

“怎么锻炼啊？”

小舞连珠炮似的急切地问。

“这个嘛。首先要早睡早起，好好吃饭，好好运动，规律生活。”

能想象出小舞听到这个回答时的心情吧。小舞沉默了一会儿，深深地叹了一口气。

“我呀，这些都完全不行。我喜欢看书到半夜，放假时能一直睡到中午。体育课也是在一旁看的时候多，饭也是有时吃有时不吃……可是，外婆，你刚才说的那些都是‘锻炼身体’,不是‘锻炼精神’啊。”

外婆点了点头，说：

“但神奇的是，这两件事啊，最开始的时候几乎是一样的。”

小舞打破砂锅问到底地追问道：

“要是像外婆说的，真的有恶魔，靠这么简单的方法，真的能抵挡恶魔吗？”

“真的可以。为了抵挡恶魔，也为了能当魔女，最重要的是意志力。就是自己做决定，并对自己决定的事情坚持到底的力量。这样的能力变强的话，就不会轻易被恶魔缠住了。小舞，你说这些事情很简单，但这些简单的事情，对你来说不是相当困难吗？”

的确如此。小舞噘着嘴，不情愿地点点头。

外婆微微一笑。

“对小舞来说，最有价值的东西，最希望拥有的东西，可能只有经过最艰苦的锻炼，才能得到吧。嗯，你就当上次当，试试呗。”

这个时候，小舞也已经做好了心理准备。

“我明白了，那我就试试……看吧。”

外婆开心地微微一笑，说：

“说得好。小舞，你真棒。那你自己制定一个从起床到睡觉的时间表吧。清清楚楚地写在纸上，贴到墙上。”

“外婆，你几点起？”

“六点。”

“六点我肯定起不来。我就七点起吧。”

“那我们正好能一起吃早饭呢。”

外婆用鼓励的语气对小舞说。

“要睡八个小时的话……十一点就得睡……可是，我肯定睡不着。我睡着可费劲啦。”

“没事，就算睡不着，也七点起吧。小舞，你一般几点睡啊？”

“夜里两点或者三点吧。”

外婆瞪圆了眼睛，但没有对此发表什么意见。

“还有，为了锻炼身体和大脑，你要做什么呢？”

“我运动最不拿手了……”

“打扫卫生、洗衣服，这些做过吗？”

“做过，但不是每天都做。”

“上午，就做这些家务活儿当作训练吧。下午留作大脑的训练时间，小舞来自由安排。学校的功课啊，看看书啊，什么都行。”

小舞的眼睛一亮。

“那我今天晚上好好想想。”

“十一点之前啊。”

外婆嘱咐了小舞一句。

“外婆，意志力，后天能增强吗？不是天生就定了吗？”

小舞问外婆。

“幸运的是，天生意志力薄弱的人，也能渐渐增强意志力。可以经过很长的时间，一点儿一点儿地慢慢增强。就好像，天生体力弱的人也能慢慢增强体力。刚开始的时候，会觉得好像没有什么变化。于是，会渐渐开始怀疑，变得懈怠，想放弃或者想破罐子破摔。要战胜这些，默默坚持下去。就这样，就在以为永远也不会有什么改变的时候，却会发现一个与以前不同的自己。然后，踏踏实实地继续努力，度过无数枯燥的日子。有一天，你会突然发现一个和过去的自己更加不同的自己。就这样循环往复下去。”

外婆慢悠悠地继续说：

“只是，和增强体力、增强其他能力不一样的是，增强意志力的难处在于，挑战这件事的人通常都是意志力薄弱的人。所以，更容易有挫败感。”

原来如此，小舞在心中轻轻说。

“好啦，你回房间去定计划吧。明天开始实行。”

就在小舞要离开起居室的时候，外婆不经意地又说了一句：

“我从来不觉得小舞的意志力薄弱呢。”

小舞吃惊地看着外婆。外婆一脸笑意。

“我觉得自己很弱。”

小舞轻声说了一句，回到了自己的房间。她拿着纸和笔到床上，开始琢磨下午的时间安排。

小舞的数学和自然比较弱。她想，这两科得多安排一些时间。她喜欢语文和英语，所以这两科她也想多安排一些时间。

想了半天，小舞决定从文科和理科中各选一科合在一段时间，下午安排两段时间的学习。比如，先学语文和数学，休息一会儿，再学英语和自然。语文，就从妈妈以前的书架上选自己喜欢的书来读。英语就跟外婆学。

“好了，定好啦。”

看看表，十点半。楼梯吱扭吱扭响起来，外婆上来了。

“小舞？”

外婆轻轻敲敲门，小声叫道。

“噢，请进。”

外婆轻轻走进来，在小舞枕头上方的床柱子上吊了个什么东西。一股厨房静谧的气味儿飘过来。

“这是什么？”

“是能睡个好觉的魔咒呢。Night-night sweetie[1]。”

“谢谢啦。晚安，外婆。”

外婆轻轻挥挥手，走出了房间。

小舞一看，吊下来的原来是装在网子里的洋葱。

很快，小舞就像受到暗示似的，香甜地睡着了。这时还不到十一点。

第二天，小舞六点就醒了。她觉得时间还早，就又睡了过去。直到外婆来敲门，她才再次醒来。

“小舞，七点啦。”

“噢。”

小舞慌忙穿着睡衣下了楼。

“小舞，你换了衣服，去拿鸡蛋吧。”

听到外婆的话，小舞又回阁楼换上 T 恤衫和

[1] 意思是“晚安，晚安，亲爱的”。

短裤。

小舞接过外婆递给她的盆，朝外面的鸡窝走去。

这不是小舞第一次去拿鸡蛋。以前来外婆家住的时候，早上和妈妈一起去拿过鸡蛋。刚下出来的鸡蛋温乎乎的，沾着一点儿鸡粪或鸡毛。说实话，对于吃这种刚下的鸡蛋，小舞有点儿硌硬。母鸡闹哄哄地大声叫着，好像在说“你干什么啊？！”，这也让小舞有些心虚。但小舞还不好意思把这些话直接告诉外婆。

“这孩子从小就不好带。”

妈妈前几天电话中的话从小舞口中无意识地说了出来。

今天也是个好天气。原本带着凉意和夜露的空气，在清晨的阳光下变得越来越温暖和煦。

小舞从鸡窝旁边的饲料袋里舀了一勺饲料，放进饲料槽里。趁着鸡都挤到饲料槽那儿的时候，小舞从鸡窝前面拿起一个柄上绑着细长棍儿的饭勺，把鸡笼的门打开一条缝。为了不引起鸡的注意，她小心翼翼地把长饭勺伸进去，从里面先掏出了一个鸡蛋。

那只公鸡一边啄食，一边瞥了小舞这边一眼。这次它倒是一副不管不问的大方态度，只是闭了闭眼睛，没怎么闹腾。

小舞把掏出来的第一个鸡蛋放到盆里，又按刚才的样子重复了一遍。

回到厨房，外婆已经在煎锅里滋滋地煎着火腿，等着小舞的鸡蛋了。

“谢谢啦。”说着，外婆双手从盆里拿出那两个鸡蛋，在水槽角上咔咔一磕，打到煎锅里。一转眼的工夫，火腿蛋就做好了。

要是我的话，会先把鸡蛋洗一洗的，小舞想。不过，外婆磕鸡蛋的时候，很巧妙地避开了脏的地方。

吃过早饭，外婆把两个人用过的餐具拿到水槽里，三下两下洗干净了。小舞看着外婆洗碗，心里想，从明天开始我来洗。不光是洗碗，外婆做的所有事情，小舞都仔细地观察着。——为什么呢？为了以后能帮外婆的忙。小舞真的打心眼儿里喜欢上了外婆。

“今天是大路上来垃圾车的日子，小舞房间里要是有垃圾，就拿下来吧。”

听到外婆的话，小舞回房间拿出垃圾桶。

“普通的白纸不要扔掉啊。彩色印刷纸和塑料制品，塑料袋什么的，放到这个袋子里吧。”

“普通的白纸，是这样的吗？”

小舞拿着一张写废了的活页纸问。

“对，这个能留着点火用。”

外婆家的垃圾只有小舞家垃圾的五分之一左右。小舞提着这些垃圾，向大路走去。

从院门通往外面大路的小路上，两侧的枫树枝叶交错，形成了一个嫩绿色的天棚。清风徐徐吹过。

从小路拐过大弯的时候，小舞小心翼翼地看着路的两侧。虽然是老早以前的事情了，但小舞曾在这里遇到过一条横穿路面的蛇。

那是小舞刚上小学的那年夏天。

一天下午，小舞在这条小路上铺上席子，一个人做着画画作业。

突然，响个不停的蝉鸣声戛然而止，四周静谧的景色投下深深的影子。这时候，一条很大的菜花蛇从路右边的灌木丛里爬出来，慢悠悠地横穿过小路。那一刻，它仿佛是这世界上唯一在动的东西。就在要钻到路左边的灌木丛的时候，那条蛇突然扬起镰刀形的脖子，慢慢地左右转着，环视周围。

要是被蛇发现了，可怎么办啊？小舞吓得僵在那里，一动也不敢动。幸运的是，她没有和蛇对上眼。当时万一对上眼了，会有什么后果呢？小舞后来常常想，那条蛇一定会看穿我还是个软弱的小孩，真不敢想象它会对我做出什么事来呢。

从那以后，每次从这里经过，小舞都会回想起当时那种寒彻骨髓的恐惧，变得小心翼翼。

不过，要是因为害怕，就放弃走这条美丽的小路，那多可惜啊。小舞总是这样给自己打着气，走过小路。好了，这次也平安过来了。

大路上很敞亮。对面的竹林在风中哗哗作响。紧接着，好几只狗一起叫起来。是那个厚着脸皮跑到外婆家院子里的男人家的狗。

小舞正准备把垃圾袋放到作为垃圾收集指定地点的电线杆下面，这时她突然看到那儿已经放着用绳子捆着的几本杂志。最上面的封面上，是一个女人摆着奇怪姿势的裸体照。

明亮的阳光下，仿佛只有这本因为浸透湿气而歪七扭八的杂志在散发着潮湿阴郁的臭气。

小舞本能地背过身去。她简直想给自己的眼睛消消毒。这悠然大度的乡下风光竟然连这样的异类也不拒绝，将它们也容纳了进来。

但对小舞来说，乡村这种不可思议的包容方式，让她觉得就像自己一直信赖的东西背叛了自己。她加快脚步离开了那里。那几只狗叫得更凶了，仿佛要赶她走似的。

估计是那个人的吧。就是外婆叫他元治的那个男的。肯定是他！想到这里，小舞的心底升腾起黑云般的厌恶感。她向着外婆家跑去。

完了！这一下全完了！什么都完了！都怪那个下流、粗俗、卑鄙的男的。为什么那个男的要介入我的生活呢？本来一切都开了个好头……

再加上那群冲自己乱叫的狗，厌恶和愤怒简直让小舞喘不上气来。

外婆正把洗衣盆拿到后院，准备洗衣服。看到小舞神色大变地跑回来，外婆有些吃惊。但她立刻恢复了以往的表情，对小舞说：

“小舞，把厨房里脏了的桌布和抹布拿出来吧。”

小舞顿时明白了，刚才自己受到的刺激没法儿讲给外婆听。那个和这儿实在是太不协调了。小舞不想提那些杂志的事情。她默默地去厨房把外婆说的东西拿了过来。除此以外，她不知道还能干什么。

外婆用大锅烧着开水。注意到小舞回来之后，她说了声“谢谢”，接过小舞手里的东西，把那些布和肥皂一起放到锅里煮起来。

“小舞，在洗衣盆里把床单踩着洗一洗吧。光着脚踩。”

小舞依旧默默地按照外婆说的，光着脚迈到盆里，踩了起来。凉凉的水在脚脖子周围吧嗒吧嗒响，好舒服啊。踩着踩着，泡沫冒了出来，水渐渐变浑浊了。小舞卖力地踩着，真想永远这样踩下去啊。

“小舞，就这么踩。很好，很好。差不多该把水倒掉了，开始漂洗吧。”

小舞从盆里出来，把肥皂水倒掉。外婆在盆里倒上新的凉水。小舞继续踩起来，这次是要把肥皂沫踩出来。最后一遍漂洗的水，在阳光下闪闪发亮。

漂洗干净后，外婆和小舞一人一头，拽着床单的两端反方向拧水。没想到会拧出那么多水。拧完水，她们把床单再一次展开、对叠，嘭嘭嘭地拍打着，把褶皱抻平。外婆把床单轻轻铺到茂密的薰衣草草丛上。

“不会弄脏吗？”

“刚才我在薰衣草上洒过水了，很干净。这样啊，床单会沾上薰衣草的香味儿，睡觉可香了。”

在大锅中沸腾过的那些布，变得雪白雪白的，真是令人吃惊。用凉水冲过后，一块一块地拧干，挂在院子里拴的晾衣绳上。

小舞刚才一直踩得很卖力，等所有的东西都洗完后，她确实觉得有点儿累了。

“家里没有洗衣机吗？”

“以前有。不过，自打我一个人之后，就不怎么用了。然后就坏了呗。”

“然后就坏了呗”，听着外婆本有些伤感却又不无调侃的语气，小舞忍不住扑哧一下笑了。她感到，身体好像松弛了下来。

吃过午饭，小舞去了昨天发现的后山那块向阳地。她在树墩上坐下来，发着呆。

一群大山雀、褐头山雀、银喉长尾山雀飞到小舞眼前的一棵小榛树上。叽叽喳喳叫了一阵后，它们不知道飞去了哪里。四周又安静了下来。

小舞捡起身边的枯树叶，放在掌心。此刻的阳光，脚下布满枯树叶的松软腐叶土，四周闪耀着新绿、仿佛在守护自己的棵棵小树——小舞发自内心地喜欢这一切。

只要待在这儿，每一刻小舞都感到无比享受。就连吸进去的每一口空气，她都觉得如甘露般甜美。今天早上的事情竟然让自己那么激动，简直太不真实了。

这么待了一会儿，小舞突然想起下午的计划是学习。她慌忙站起身，又一次深呼吸了几下，向家里走去。

第二天，正吃着早饭的外婆像突然想起了什么似的，说：

“小舞，你也可以找一块自己喜欢的地方，种东西啊。”

小舞一下子没明白什么意思，她愣愣地瞧着外婆。

“在外婆家院子里或者山上，选一块自己喜欢的地方吧。外婆把这块地送给小舞。”

小舞正要把面包片送到嘴里，听见外婆的话，手停在了半空。这真是一份意外的礼物，她开心得几乎要喘不上气来。

“哪里都行吗？”

小舞屏息静气地问。她生怕这好运会溜走。

“哪里都行啊。除了黑炭的墓地。”

外婆点点头。

小舞的心从身体里一跃而出，像风儿一样在院子和山野里遨游起来。接着，她做出了决定。

“外婆，我选好了。是我最喜欢的地方。”

“这么快？那我们一会儿去看看。在这之前啊，你先把早饭吃完哦。”

虽然小舞根本没有吃早饭的心思了，但她还是认认真真地把东西吃光了。然后，她把餐具拿到水槽里，把外婆的那份也洗了，又用一条毛巾大小的擦碗巾仔细地擦着餐具。外婆家的搌布都很大。擦完后，她把餐具收到柜子里，最后把擦碗巾洗净、拧干，叠起来啪啪拍一拍，晾到厨房门外的搌布架上。她也没有忘记给在厨房门和外门之间的那棵很像勿忘我的野草浇水。那天，小舞第一次从这里走过的时候，就决定要这样做了。这是小舞决定每天都要秘密坚持的事情之一。

外婆在后院，用剪子咔嚓咔嚓地把过于浓密的洋苏草熟练地剪下来，放到一个木通草草蔓编成的筐里。另一个筐里已经装满了可能是早饭前剪的薄荷叶。清新的薄荷和洋苏草在阳光下散发的热气馥郁熏人。

旁边的炉灶上，水沸腾了起来。

“小舞，把家里所有的锅和盆都拿来吧。”

小舞按外婆说的，去厨房把能找到的锅和盆摞到一起抱了过来。

“谢谢啦。把它们摆在地上吧。”

小舞摆好之后，外婆从第一个容器开始，依次放上薄荷和洋苏草叶子，在上面浇上开水。

“好了，这就行了。等会儿我们回来的时候，薄荷洋苏草茶就好了。咱们走吧。”外婆微笑着催促小舞。

小舞一边朝后山走，一边有点儿不安地问：

“外婆，泡那么多茶做什么用啊？是给我喝的药吗？”

“呵呵呵，不是的。那是给我的院子和田地喝的。能当驱虫药。”

“噢。”

走到鸡窝旁边时，外婆站住了。她指着鸡窝前面一棵直挺挺的草，问小舞：

“小舞，你知道这是什么草吗？”

“不知道。是什么草啊？”

“它叫白屈菜。看上去就是一棵普通的草吧？但它有剧毒，千万要小心。”

“一点儿都看不出来呢。和到处都能见到的草一样呢。”

外婆走近那棵草，揪下一片叶子。草茎裂开了，眼看着流出了稀薄血液般的汁液。

“绝对不能把这个汁液放到嘴里。但有意思的是，这汁液也是一味特别好的药呢。尤其是治眼病特别有效。我可再说一遍啊，千万不能吃到嘴里。”

看到外婆的表情那么认真，小舞紧张地做着保证：

“我绝对不吃它，也绝对不靠近它。”

外婆微微一笑，说：

“现在最好是这样。不过，以后我会把它的用法详细地给你写下来。说不定什么时候能派上用场呢。”

在外面啄着蚯蚓的公鸡从刚才就不时斜眼瞅着小舞，小舞也注意到了公鸡。

“你好吗？”

小舞和公鸡打了个招呼。

公鸡当然没有回答。不过，它看上去很满足地眨了眨眼，专心啄起蚯蚓来。

“关系不错嘛。”

外婆饶有兴趣地说。

“才不是呢。”小舞像外婆一样，嘻嘻一笑，说，“一点儿都不好。”

“哎哟哟。”

外婆笑了。

“小舞也变得像个魔女了。”

杂树林亮堂堂的，地上有摘剩下的零星野草莓。走过杂树林，翻过山丘，小舞指着杉树林和竹林之间的向阳地，说：

“就是这儿，外婆。”

外婆迟疑了一下，微笑着走进那块向阳地。接着，外婆在一个树墩上坐下了。

“这儿看上去就像小舞喜欢的地方呢。这些老树墩啊。以前，我和你外公临搬到这里之前，这些树被砍了。我们之前来看房子的时候，这儿还是一片美丽的森林呢，虽然不大。当时，看着那些散发着清香的新树墩，我难过极了。不过，现在呀，树墩和树墩之间紫花地丁都开花了呢，小树也长得枝繁叶茂，还有野蔷薇呢。我一直忘不了当时难过的心情，所以从来没在这里多待过呢。”

外婆凝望着远处，仿佛在自言自语。

“那是多久之前的事情啊？”

“嗯，差不多四十年了呢。那时候，外面的大路还没有铺呢。路很窄，也很少有汽车开过。你看，这儿和竹林之间有一道坎儿吧。”

“嗯。”

“从那边到这边，到杉树林，从咱们刚才穿过来的后院到山丘，还有田地和前院，都是你外公买下来的。当时，这儿虽然比现在还要偏僻，交通也不方便，但你外公真想把整座山买下来呢。”

“那这块地方也算咱家的地盘喽？从竹林往那边，就不是了。”

“对啊。真是太好了，小舞喜欢这块地方……不过，这儿能开成田地吗？”

小舞的心情顿时沉重起来。这么多树墩，盘根错节的，这里能种东西吗？毕竟，要是在这里种东西的话，这儿就不是这儿的样子了……可是，小舞太喜欢这儿了。外婆要送给小舞一块地的话，那除了这儿，别的地方小舞都不想要。

看到陷入沉默的小舞，外婆安慰她说：

“小舞，就把这儿送给你吧。不过，先不用拾掇这儿，保持原样就行。种什么东西呢，嗯……野蓟、沙参、龙胆，各种紫花地丁，就种这些生命力强又可爱的花草吧。用铁锹就能移栽过来。先这么种。等到秋天的时候，再把雪滴花的球根像藏宝贝一样，埋到四处好了。”

听到外婆的话，小舞觉得眼前豁然一亮。这正是小舞想要的“属于自己的地方”啊。

“外婆，太好啦！最爱外婆啦！”

外婆眯起眼睛，满足地说：

“I know。”

要把这个地方变得更舒适一些。在后面发现的那棵七厘米来高的小枫树也移过来吧。要是再有个什么“窝”就更好了。小鸟的也行，睡鼠的也行……

啊，还是什么都不要动最好吧。这个属于我的地方呀。回去的路上，小舞这个那个地想着。外婆把这个地方叫作“小舞的 Sanctuary”[1]。

回到后院，香草茶已经泡好，变成了浓浓的颜色。外婆往喷壶里倒上一些香草茶，又加上一些水，让小舞洒到田地里。小舞一趟趟来回跑着。

外婆拿着另一个喷壶在后院洒水。浇到卷心菜最外层紫色叶子上的香草茶，变成了透明的琥珀色水珠，骨碌骨碌滚动起来。正睡得迷迷糊糊的青虫和蚜虫慌慌张张地逃走了。小舞一边哈哈大笑地看着，一边在脑子里想着自己的那块地方。太棒了，那个地方真的成为我的地方了……

很久以后，小舞才知道，外婆真的办理了法律手续，把那块地给了小舞。最终，这也将外婆家的整座山从被开发的洪流中拯救了出来。

---

[1] 意思是“小舞的庇护所”。

就这样，小舞的生活渐渐有了规律。每天干活儿的时间和自由自在的放松时间相结合，保持着舒适的节奏。

魔女修行，虽然和小舞最开始期待的不一样，但小舞也觉得这样的生活既新鲜又有趣。

晚饭后的时间，不知不觉间变成了“魔女知识讲座”。看上去，成为魔女的必需条件就是“自己做决定”。比如，有一天晚上是这样的。

“闭上眼睛吧。”

小舞按照外婆说的，闭上眼睛。

“想象一下你最喜欢的那个马克杯吧。”

“嗯。”

“在心里好好描绘出来了吗？是不是觉得一伸手就能碰到？”

“哎？怎么可能？”

明明是用惯了的、无比熟悉的马克杯，此刻小舞却怎么也想不起杯子的细节。

“当然可能。诀窍就是，清晨在你快醒来的时候，把那种由梦境进入现实之时的感觉牢牢地变成自己的东西。从现在开始，每天早上，你都有意识地尝试去捕捉那个瞬间吧。这样来训练自己，让自己能看到自己想看到的东西。最开始的时候，杯子啦，苹果啦，这些东西就行。能看到这些东西之后，再训练自己去看现实中看不到的东西。比如，你想看看这个盒子里装着什么，你就真的能看到。要达到这个程度，需要很长时间。不过，要注意啊，最重要的是自己想看什么、想听什么的意志力。自己不想去看，却看到了什么、听到了什么，是非常危险、非常不愉快的事情，不是一流魔女所为。”

那，外婆的祖母做的那次白日梦到底是怎么一回事呢？小舞冒出了这样的疑问。外婆好像看出了小舞在想什么，对她说：

“我祖母，最开始的时候，她并没有意识到自己是一个魔女。所以，在没有任何心理准备的情况下，突然看到那样的情形，对我祖母来说是一件很痛苦的事情。训练有素的魔女是不会那样的。训练有素的魔女只会看到自己想看的东西，只会听到自己想听的东西。顺应事物发展的正确愿望会成为光，得以实现。那是一种非常了不起的能力。”

小舞觉得，那确实是一种非常了不起的能力。我什么时候才能获得那种能力呢？外婆真的有那种能力吗？

“外婆，你也能这样吗？”小舞不禁问道。

外婆嘻嘻一笑，又露出往常那个魔女般的笑容。

“先不说能不能，我不会做这样的事情。因为没有必要。”

小舞感到希望落了空，大声问：“为什么啊？”

“是啊，为什么呢？……”

外婆把目光从小舞身上微微挪开，一边想一边说：

“早上，要起床吧。有的季节，起床时天还蒙蒙黑。也有现在这样的季节，起床时太阳已经升起来了，天色已经大亮。空气分外清爽，让人感到又是新的一天。烧上开水，准备沏茶，再去院子里欣赏花草树木。有时候，会看到意想不到的植物从土里不声不响地冒出来，会看到花骨朵鼓了起来，会看到绿油油的叶子上闪烁着晶莹的露珠。院子每天都有变化。然后，就开始干活儿。我只想过这样的生活，没有其他的向往。提前知道变化，那就剥夺了我对 surprise[1]的期待。所以，没有必要啊。”

“可是，我不能一直过这样的生活啊。”

“为什么？”

“哎？”

小舞一下子被问住了。这不是肯定的吗？外婆为什么要这么问呢？

“因为，我不是得上学吗？还有……”

“小舞可以一直在这儿住下去啊。小舞要是愿

[1] 意思是“令人意外、惊喜的事物”。

意这样，我去给你妈说。”外婆用宠爱的语气温柔地说。

小舞愣住了。她从来没有想过和外婆在这里一直住下去。这就好比，一个在暴风雨中的荒野上走了好远的旅人，终于发现了一户人家。进屋之后，有暖烘烘的炉子，还有热气腾腾的好吃的。最重要的是，热情的主人还笑容满面地对自己说“你再也不用出去了”。

听到这样的话，小舞感到全身的力气都跑光了。因为她一直觉得早晚还得回去，所以怎么说呢，她的身体一直保持着战备姿态。

“可是，我要是不回去，妈妈就成一个人住了……当然，我也很喜欢和外婆一起生活……”

“明白了。要是这样的话，小舞就需要进行魔女修行。”外婆立刻干脆地说，接着又微微一笑。

当时，为什么没有选择在那户人家住下呢，那可是荒野中唯一的避难所啊。直到后来，小舞都觉得很不可思议。明明可以说一句“让我考虑考虑吧”……

可小舞却当即慌了神似的拒绝了。妈妈只不过是个借口罢了。外婆心里肯定也明白，小舞想。

小舞的内心和身体都拒绝解除战备姿态，拒绝转入安稳的生活。这是健康的呢，还是扭曲的呢？直到小舞又长大一些后，还是不明白。

拒绝了外婆的提议，小舞觉得有些内疚。为了缓和一下气氛，她赶紧问外婆：

“外婆，你跟谁学的魔女修行啊？”

“跟我姑妈学的。和我妹妹一起。我妹妹学得更好。她喜欢学这些，也有天赋。”

外婆的妹妹，小舞也知道一点儿。每年，外婆的妹妹都会给小舞的妈妈寄来圣诞贺卡。贺卡上肯定会附上一句“问小舞好”。啊，原来，她也有超能力呢。以前，小舞觉得外婆远在英国的亲人们只是一个模糊的存在。现在，她突然觉得她们就在自己身边。

“我妹妹现在还以此为生呢。”

“外婆，你平时真的已经不使用这种能力了吗？”

外婆的嘴角微微上扬，静静地笑了。她凝视着远处，说：

“对了，有一件事，我知道什么时候会发生。”

“什么事？”

“这是秘——密。”

说着，外婆冲小舞挤了挤眼睛。

“外婆你这么说，那我更想知道了。可是，外婆你刚才不是说，预先知道要发生的事情也没有用啊，是吧？那件事情不一样？知道什么时候会发生，会有什么用吗？”

“是啊。那件事多少会让我有些慌呢。”

“到底是什么事呢？”

“以后你也会知道的。”

两年后，小舞知道了。

来到外婆家差不多有三个星期了。一天早上，小舞像往常一样，睡眼惺忪地走向鸡窝，准备去掏鸡蛋。

直到现在，小舞还记得当时外面异常安静的空气。好像有点儿不对劲，那时她茫然地想着。

四周的景色好像在屏气凝神地注视着什么，这种异样的感觉在鸡窝那儿达到了顶点。在鸡窝进入小舞视野的一瞬间，“不要看！”有一种感觉在强烈地命令她。可是，小舞的视线已经像拍纪录片一样，把那一瞬间的影像深深地印在了心中。

散落一地的鸡毛。带着鸡冠子的头部。白色的眼珠。肌肉隆起的腿。还有带着鸡毛的肉块。

刹那间，小舞忘记了呼吸。紧接着，仿佛是为了让自己远离那个地方，她没命地尖叫起来，拔腿就跑。吓了一跳的外婆从厨房门冲了出来。

“怎么了？”

“鸡……”

小舞双手捂住脸。这可不行，我被吓破胆了，小舞心想。好像不知哪儿有一双眼睛在冷静地观察着小舞。

“哦。”

外婆似乎什么都明白了。

“先进屋吧。”

小舞逃也似的进了屋。她瞥了一眼灶台，煎锅的火已经关了。行啊，真不愧是外婆。“那现在，该专心处理这件事了……”小舞仿佛听到，某个遥远的地方传来了这样的低语。

外婆回到厨房，让小舞喝了一口热牛奶，说：

“以前也有过这样的事。可能是野狗或者黄鼠狼干的。黑炭活着的时候……”外婆打着了水壶下面的火，去外面一边摘薄荷叶，一边继续说，“可没有这样的事。”

接着，外婆把薄荷叶简单冲了一下，放到茶壶里，倒上开水。

“外婆，我，什么也不想吃。我不吃早饭了。”小舞无力地说。

外婆心疼地看着小舞，说：

“也好。那就喝杯茶吧。”

外婆在小舞的马克杯里倒上薄荷茶，递给她。

喝了一口薄荷茶，小舞觉得，这茶永远都会是自己的伙伴。她能感到，这杯茶给自己带来的安慰、镇定和鼓励。

“我得和元治说一声，让他来帮着修一下铁丝网……”

听到外婆的话，小舞顿时感到肩膀一沉。元治要来。薄荷茶的力量也只能到此为止了。

外婆让小舞今天上午打扫家里的卫生，自己去收拾鸡窝了。

小舞决定从二楼自己的房间开始打扫。她拿着扫帚和簸箕慢腾腾地上了楼。她把没读完的书夹上书签，放回书架；把床铺按照外婆教的方法整理好，罩上床罩。接着，她打开窗户，看到了鸡窝和正在收拾的外婆。

现在回想起来，夜里确实听到过鸡的喧闹声。不过，以前也时常有这种情形，所以小舞以为不过是那些鸡睡迷糊了，或者有夜猫来转悠。小舞听外婆说过，最近有人把不想养的猫扔到这附近。可是，昨天夜里的鸡叫声是不一样的，那是鸡临死前的惨叫声。自己为什么没听出来呢？从外婆的房间听不到那声音，但自己应该能注意到啊。可是，已经晚了。再也不会在半梦半醒间听到那只公鸡不等天亮就开始的喔喔声了。

小舞再也受不了了。她把扫帚使劲伸到床底下，奋力打扫起来。打扫完自己的房间，她打开门，又打开外公房间的门。

外公的房间里充满了旧书的灰尘味儿，仿佛只有这里的时间停止了流逝。门口处的高度刚刚能站下一个大人，越往里天花板越低。这儿几乎没法当一个房间来用。

透过窗户能看到前院。橡树的树梢近在眼前，那苍郁、深邃的绿色，让人感到十分踏实。窗台上发出奇异光辉的石头，是外公和外婆去英国时得到的萤石。这种石头是绿色的，散发着青白色的光。外公很喜欢矿石。

墙边用板子搭成的简易置物架上，放着小剑形状的辉锑矿结晶、宛如冰雪世界碎片的水晶、由云母和石英等混合形成的花岗岩。还有一些小舞不认识的红色、蓝色、绿色的石头没有整理，散落在架子上。地上到处堆着书架上放不下的书。

外公去世后，外婆一直保持着这个房间的原样。

小舞打开窗户，简单地把地面清扫了一下，然后一边下楼，一边扫了楼梯。接着，她提上一桶水，拿了抹布，又上二楼擦了桌子和架子。楼下的起居室和外婆的房间也这样打扫了一遍。最后，她把厨房的椅子全都放到桌子上，用拖把擦了地板。

全部打扫完之后，已经快十二点了。这中间，她听到了元治的说话声，可能是外婆去叫他来的。小舞打了个寒战，坚决不出去。

正在小舞洗手的时候，外婆进来了。

“哇，打扫得好干净啊。谢谢啦，小舞。午饭怎么办呢？还是什么也不想吃吗？”

小舞默默地点点头。

“那，我给你做颜色漂亮的透明果冻吧。”外婆体贴地对小舞说。

下午小舞原本的计划是，打着学语文的旗号读书。可是，她完全无法集中精力。透过窗户，能看到鸡窝的铁丝网已经被拆了，空荡荡的。据元治说，野狗或黄鼠狼是从铁丝网下面挖洞钻进来的，所以至少要把铁丝网下面的土挖三十厘米，灌上水泥。中午的时候外婆说，鸡窝不大，很快就能弄完。总之，今天先挖沟，明天元治带水泥来。

小舞放下书，走到外面。她想去“属于自己的地方”。可是，要去那边，必须从鸡窝前面走过去。虽然她心里很痛，但还是鼓起勇气朝那边走去。破了的铁丝网堆在白屈菜上面，把白屈菜压得乱糟糟的。那人怎么这么不管不顾啊，小舞心想。

虽然心里想着赶快过去，但她的身体却呆呆地站在了原地。到底是什么动物，怎么把铁丝网弄破的呢？昨天，鸡还活蹦乱跳的，还能下蛋，能吧嗒吧嗒地呼扇翅膀、啄蚯蚓。一想到鸡就像一摊东西滚落在地上的情景，小舞心中就充满难言的痛苦和悲伤。

突然，小舞看到铁丝网上沾着一撮浅褐色的毛。

是黄鼠狼，还是狐狸？或者是狗？小舞不知道。一想到这撮毛曾经长在那只动物身上，小舞既觉得无比憎恶，又觉得十分不可思议。反正，世上有这样一只动物，把这里变成了残酷的战场，这是千真万确的。这撮毛就是证据。啊，面对突如其来的袭击，那只高傲的公鸡在受到惊吓的同时，为了保护母鸡们，进行了多么勇敢的搏斗啊。

小舞咬着牙根，走了过去。她径直走到“属于自己的地方”，在她平时爱坐的树墩上坐了下来。啊，总算得到一点儿安慰，小舞想。可是，没一会儿，她就觉得周围的样子和往常不大一样了。

刚开始，还只是一些没有任何意义的杂音：树叶和树叶摩擦的声音，小树枝和树叶落地的声音，远处隐约传来的汽车的声音。可是，小舞心中那根变得敏感的天线，已经微微偏离了小舞自身的控制，从这些杂音中自顾自地捕捉出了种种意义。

于是，小舞觉得，树干凹凸不平的樟树，对面开始枯萎的竹子，覆盖着藤蔓叶子的灌木丛都在喊喊喳喳地窃窃私语着。在小舞听起来是这样的：

——昨天晚上，昨天晚上，那场惨剧。

——划破黑夜的临终惨叫。

——啊，真讨厌，真讨厌。

——肉体真讨厌。

突然，天色一暗，风呼呼吹过，树叶齐刷刷地露出白色的背面。嗖，嗖，嗖，嗖，小舞头顶上方传来鸟儿们振翅飞过的声音。小舞突然害怕起来，撒开腿一路跑回了外婆家的厨房。

那天晚上，小舞说想和外婆一起睡。外婆说好啊。

外婆的房间是和式的，把被褥铺在榻榻米上睡觉。外婆在自己的被褥旁边铺上小舞的被褥。小舞拿来两条被单，她像铺床一样，用一条被单把褥子包好，用另一条被单把被子包好。自从跟外婆学会铺床以后，小舞对这事就乐此不疲。

等小舞钻进被窝，外婆关了电灯，只开着枕边的一盏小灯。接着，外婆也进了被窝。小舞在外婆对她说晚安前，赶紧和外婆说起话来。她把今天在自己一向心爱的地方遇到的可怕一幕告诉了外婆。听小舞说完，外婆说：

“什么事情也没有。这都是因为今天小舞太激动了。这种事不要放在心上，无视就行。”

“为什么？”

“因为啊，那些声音不是小舞发自内心想听到的声音啊。如果把这种乍一看不可思议的感觉放在心上，以后会一次次被它牵着鼻子走的。不过，也没有必要害怕，因为那也是一种受影响。你只要高高昂起你的头就行。”

说着，外婆扬起了下巴。

“要无视那些。高水平的魔女决不会因为外界的刺激而动摇。”

那根本做不到啊，小舞想。

不过，比起这个事，现在小舞有一个更重要的问题要问外婆。那是好几年来一直让小舞很困惑、很害怕的一个问题。到了晚上，就算她告诉自己不要去想，但那个问题总在她脑子里盘旋不去。小舞觉得自己就像被吸进了一个黑洞，忍不住想大叫。这种情况已经持续好几年了。

“外婆。”

小舞低声轻唤。

“什么？”

外婆也低声回应。

“人死了以后会怎么样啊？”

听到小舞的话，外婆低语了几声，声音小得几乎听不见。接着，外婆叹了一口气，说：

“不知道啊。说实话，我还没有死过呢。”

小舞感到自己紧绷的神经以一种奇妙的方式松弛了下来，继而又觉得很好笑。虽然她本不想笑，却忍不住扑哧一下笑了出来。

“哎呀，外婆。”

外婆也边笑边说：

“虽然我还没有体验过死，但我经历过你外公的死，我还接受过魔女训练，所以对此也有一点儿了解。况且，到了我这个岁数，已经把死这件事情纳入生活的射程了。”

外婆看着小舞，挤了挤眼睛，说：

“说起来啊，我也算是个 expert[1] 呢。小舞，你运气不错啊。”

“嗯，外婆比爸爸懂得多。我要是一开始就问外婆就好了。”

“你也问过你爸吗？”

小舞沉默了一会儿，说：

“嗯。好几年前的事了。”

“你爸怎么说？”

小舞又陷入了沉默。过了一会儿，她想开口，

[1] 意思是“专家”。

却觉得胸口堵得厉害，声音变得哽咽起来。

“爸爸说，人死了，就再也没有以后了，就什么也不知道了，连自己这个人也没了。爸爸说，死了就什么都没了。我问爸爸，我死后，早晨太阳还会照常升起，大家都会照常生活吗？爸爸说，是的。”

说到最后，小舞抽抽搭搭哭了起来。

一直静静听着小舞说话的外婆，掀起被子的一角，柔声对小舞说：

“小舞，到这儿来。”

小舞抽泣着，钻进外婆的被窝。外婆抚摸着小舞的后背，说：

“所以，小舞心里一直很难过，是吗？”

小舞用她的阵阵哭声回答着外婆。

外婆就这样轻抚着小舞的后背。直到小舞的哭声变得断断续续，她才柔声对小舞说：

“外婆给你讲讲，我所相信的人死了以后的事情吧。”

“嗯。”小舞也轻声对外婆说。

“外婆觉得啊，人是有灵魂的。人是由身体和灵魂结合而成的。灵魂是从哪里来的呢，外婆也不知道。有各种各样的说法。身体，会陪伴着我们从出生到死亡，但灵魂呢，要继续更长的旅行。在投生到新生婴儿崭新的身体里之前，灵魂早就存在了。当灵魂离开上了年纪、用旧了的身体之后，还要继续它的旅行。死亡，让一直束缚在身体里的灵魂离开身体，变得自由自在。外婆是这么认为的。这是多么轻松又快乐的事情啊，不是吗？”

“那，我的灵魂就是我吗？”

“身体和灵魂合在一起，才是小舞呀。”

小舞想了一会儿，还是不太明白。

“那，这样的话，我的想法啊，开心啊，难过啊，我的这些意识会怎么样呢？我最害怕这些会消失不见。”

“小舞，外婆刚才说过，高水平的魔女是不会因为外界刺激而动摇的。不过，要完全做到这一点是不可能的。准确地说，应该是水平越高的魔女，对外界刺激的反应程度就越低。为什么呢，只要有肉体，无论是谁，受了伤都会觉得疼，得了感冒，发烧的时候，意识都会变得迷迷糊糊。没有食物饿肚子的时候，有人会变得爱发脾气……”

“我也有点儿这样呢。”

“哦？最近还听说，如果缺钙，人会变得焦躁不安呢。这就是因为有身体。毕竟，身体会影响人们的意识。”

“所以说，我是灵魂和身体的合体吗？”

“是啊。死亡,只是身体那一部分没有了。所以，死了以后的小舞还是现在的小舞，不好这么说吧？”

“那，魔女是从活着的时候就进行死亡训练了？”

“是啊，为了好好活着，所以进行死亡训练。”

小舞沉思了一会儿，又问：

“这么说来，有身体不是什么好事啊。好像是为了受苦才有身体似的。”

小舞想起了那些鸡，它们无奈地变成了物体，身体七零八落地滚落一地。

“那些鸡真是很可怜呢。”外婆沉静地说。

外婆怎么知道我心里在想什么呢，小舞很纳闷。不过，这样的问题追究起来会没完没了的。

“就算要遭受那样的痛苦，也得拥有身体吗？”小舞用近乎质问的语气问外婆。

“那些鸡有鸡的情况吧。灵魂必须依靠身体，才能体验世上的各种事情。只有通过体验，灵魂才能获得成长。所以，能投生到这个世界上，对灵魂来说是求之不得的 big chance[1]。因为，能得到成长的机会。”

“成长什么呀！”小舞莫名地生起气来，“不成长也行啊。”

［1］意思是“大好机会、重大机遇”。

外婆为难地叹了一口气，说：

“确实是呢。可是，那就是灵魂的本质，没办法啊。就像到了春天，种子就会发芽，就会朝着阳光生长一样，灵魂也渴望成长啊。”

小舞并不愿意接受这种说法。不过，她确实感到，多年来压在心头的那块沉甸甸的石头终于被搬掉了。仿佛开启了另一扇门，心情也变得豁然开朗。

“再说，身体带来的愉悦的事情，也很多啊。小舞，你躺在这散发着薰衣草香味儿和阳光气息的床单上，不觉得很幸福吗？严寒的冬天在向阳地里晒太阳，炎热的夏天在树荫下吹着凉爽的清风，不觉得很幸福吗？第一次能翻上单杠时，难道没有感到能自由支配身体的喜悦吗？”

确实是呢。小舞噘着小嘴，点了点头，算是回答外婆。外婆一边笑，一边用“好啦，差不多该想通了吧”的语气，对小舞说：

“今天晚上就到这儿吧，晚安。”

第二天早上，小舞睁开眼睛，一时间不知道自己是在哪儿。接着，她回想起了昨天的事情。看看旁边，外婆已经起床了。昨天晚上和外婆说了那么长时间的话之后，小舞又想了很多，很晚才睡着。看看时钟，已经七点半了。小舞慌忙爬起来，立刻去了厨房。

“外婆，早啊。”

小舞和外婆打了声招呼，伸手去拿那个装鸡蛋的盆。

“哦，小舞……”

外婆不知道该说什么好，摇了摇头。

“啊，对。”

小舞终于想了起来。今天是昨天的延续。

外婆在煮粥。小舞擦了桌子，把筷子和勺子都摆好。外婆盛了两碗粥，放在托盘里端过来。

“结婚后我第一次煮粥的时候，我在粥里放了砂糖，煮成了甜粥。我本想做份超级美味的粥呢。”

小舞打心眼儿里觉得惊讶。

“为什么？”

“不是有那种甜点吗？你外公感冒了，说想喝粥。他告诉我，粥就是把大米煮得黏黏糊糊的那种东西。我说，啊，那个啊，我会……”

外婆咻咻咻地笑着，继续说：

“我还加了葡萄干、牛奶，加了好多东西。给你外公端过去时，我又按照他说的，在粥上面放了一颗咸梅干。我自己也觉得有点儿不对劲……”

“外公喝了吗？”

“喝了。也许是觉得不喝不太好，再说他正发着烧也尝不出什么味儿，反正硬着头皮喝了。”

“外公人真好啊。外婆，你现在的样子，完全像个日本人啊。我真不敢相信还有那样的时候呢。你知道的日语比我知道的还多……”

“锻炼，锻炼。小舞的魔女修行也很快会有成果的。”外婆开心地笑了。

小舞的心情比昨天好多了。粥也很香。

“外婆，昨天夜里，我做了个奇怪的梦。”小舞突然想起那个梦，一边喝粥一边说。

“什么梦？”

“梦见我变成螃蟹了。刚开始是小螃蟹的时候，身子软软的，很舒服。可是，后来一点点长大，身体越来越硬。最后，就连身体最中间的部分也要变硬了。啊，不行了，我刚一这么想，就开始蜕皮了。我以前养小龙虾时见过小龙虾蜕皮，这个梦估计和这事有关系。”

“那当时小舞是什么感觉呢？”

外婆饶有兴趣地问。

“就跟好久没泡澡之后泡了个热水澡一样，爽快极了。然后呀，我还想呢，死后灵魂离开身体的时候，就是这种感觉吧。”

外婆闭上眼睛，感慨地说：

“真是个好梦啊。”

“嗯，觉得可放松了。”小舞也坦率地点点头，说，“不过，那到底是一种什么感觉呢，我还是不太清楚。”

“外婆死后，通知小舞吧。”外婆轻快地做了保证。

“哎？真的？”

小舞瞬间兴奋起来，但马上又不好意思地说：

“啊，不过，不用急，我只是……”

外婆很少见地朗声大笑起来。

“我明白。我会选一个不会吓到你的方法。只是给你留下一个证据，说明‘灵魂真的离开身体了’。”

“拜托了。”

小舞深深地一低头。

“不过，对我来说，外婆变成幽灵我也不怕。只要不在我夜里上厕所的时候出现就行。”

“我考虑考虑吧。”

外婆像个魔女似的嘻嘻一笑。

这时，起居室的电话响了。

“这个时间，估计是你妈上班之前打来的。”

说着，外婆站了起来。小舞跟在外婆身后。外婆快步走到起居室，拿起话筒。

“喂……嗯。我刚和小舞说呢，估计是你打来的。”

外婆冲小舞挤挤眼睛，好像在说“瞧，没错吧”。

“……嗯，很好啊。多亏了小舞，可开心了。昨天晚上我们俩一起睡的呢……呵呵，你小时候啊……哦，是吗？那可真是……你等一下。”

说着，外婆把话筒递给小舞。

“喂，妈妈。嗯，放心吧，我都好好做着呢。……什么？爸爸要来？为什么？……哦……没什么，挺好的……嗯。知道了。你路上多加小心。”

小舞放下话筒，瞪大了眼睛，看着外婆，说：

“妈妈说爸爸要来。”

外婆也跟着瞪大了眼睛，悄声说：

“可能是你爸听到昨天晚上咱们议论他了吧。”

小舞和外婆一边往厨房走，一边聊着爸爸的事情。

“是专门为我来的吧？”

“你妈说，你爸上次的连休没有休，这次是补假。”

“不过，妈妈说还有一个星期呢。”

“到时候做点儿什么好吃的呢。没有鸡蛋，总觉得少了点儿什么。”

“不会吧。”

这时候，外面传来了脚步声。小舞往窗户外面一看，元治扛着水泥袋子走过来了，她不由得一缩脖子。外婆也注意到了。

“哦，是元治啊。他来得还真早。”

说着，外婆走了出去，去追元治。

小舞磨磨蹭蹭地收拾了碗筷，又像往常一样，给两道门之间那个角落的小小勿忘草似的杂草浇了水。这个地方就像一个由透明玻璃围成的阳光房，但那棵草周围的玻璃上依旧溅着泥点，跟毛玻璃一样。

对啦，把这株小草叫作“小勿忘草”吧，小舞这样决定。她知道，在植物界，比相似植物小一号的植物，一般会在前面加一个“小”字。

小舞发觉有人从鸡窝那个方向走过来了，她慌忙躲进屋里。是元治。他可能是去取忘带的什么东西吧。他摇晃着肩膀走过去了，简直像座小山在移动。

就好像鼻涕虫爬过去会留下醒目的白道儿，那个人走过去之后留下的臭味儿经久不散，熏得草木都沙沙作响。恐怕得被夜晚清凉洁净的露水好好漂洗漂洗，再被早晨清澈的阳光好好晒一晒才行，小舞厌恶地想。

发觉元治又要回来，小舞躲到了起居室。她关上门，拉上窗帘，摆出一副守护城池的架势。

大白天拉上窗帘的起居室，仿佛变成了另外一个房间。小舞躲在这里，以极大的耐心等待暴风雨过去，等待外婆来救她。她一动不动地等着，喉咙深处稀里呼噜地响了起来。不使劲就无法顺畅地呼气。啊，哮喘又犯了。竟然大白天的犯哮喘。也许是因为房间变暗，身体错把现在当成晚上了吧。小舞像个蚕茧一样，一动不动地观察着身体的情况。

“噢，在这儿呢。”

门开了，随着光亮，外婆进来了。

“我本想请元治一起喝杯茶呢……”

“我，不太舒服。我能休息一会儿吗？”小舞很慌乱地说。还好，自己并没有撒谎。只是顺序颠倒了一下而已。自己不是因为不舒服才在这儿，而是因为闷在这儿一动不动才不舒服的。不过，这个不用说吧。

“哦，那你上楼休息吧。……暗一点儿舒服？窗帘都拉上了……”

外婆一脸担心地走过来，伸手摸了摸小舞的额头。

“好像没发烧。”

“又呼哧呼哧喘上了。”

外婆皱起眉头，说：

“是不是窗帘上灰尘太多了？”

“没事儿。很快就会好。”

小舞轻声嘀咕着，向阁楼走去。

“啊，对了，元治送来了鸡蛋。回头再吃吧。”

外婆从楼下冲小舞朗声喊道。

小舞在楼梯中间停下脚步，冷淡地说了一句“我不要”，进了房间。

房间里洒满了阳光，把自己裹在干净清爽的被单里，大白天躺在床上可真舒服啊。而且，只要在这里，就不会和元治那家伙碰面。只要不去窗户那边，不往鸡笼那个方向看就行。喉咙深处的呼哧呼哧声也渐渐好了起来。再加上昨天晚上睡得太晚，小舞真的犯起困来。

再次睁开眼睛的时候，房间里已经暗了下来。一瞬间，小舞分不清现在是早上还是中午。啊，对了，自己白天睡了一觉。睡了好长时间啊。小舞想了起来。不知道为什么，小舞感到一阵孤独和寂寞，仿佛这个世界上只剩下自己一个人。啊，那种“想家的感觉”又来了……小舞做好了心理准备。不管怎么着，先去找外婆吧。

外婆正在厨房里咕嘟咕嘟煮着什么。小舞安心地喊了一声：

“外婆。”

“哟，吓我一跳。”外婆回过头来说。不过，看上去外婆并没有被吓一跳。

“休息好了吗，小舞？看你睡得那么香，我就没叫你……”

外婆关了火，走到小舞身边。

“我睡得好香啊，舒服多了。什么事都没有了。昨天晚上我想太多了，睡得太晚，几乎没怎么睡着。”

“那就好。只是啊，白天睡多了，晚上会睡不着的。”外婆抚摸着小舞的头发说。

“我想了很多。以后可能就能睡着了。”

“那就好……”

外婆又说了一遍，微微一笑。

过了两天，小舞恢复了以往的生活节奏。外婆很满意地对小舞说，虽然多少有些偏离轨道，但只要像这样，让能帮助自己尽快恢复正常的意志力发挥作用，魔女修行就步入正轨啦。

后来，小舞又去了一趟“属于自己的地方”。和以前一样，她又觉得那儿小巧舒适又可爱了。小舞感受到了“那个地方的意识”——永远对自己充满善意，永远温暖地包裹着自己，这让小舞很安心。

上次感到的那种莫名其妙的恐惧，肯定是什么地方出错了。小舞让自己这样想。

外婆说，当听到不是自己发自内心想听到的声音时，要立刻无视。可是，我发自内心地想听到过什么声音吗？那种令人不快的声音，我怎么可能想听到呢？……不过，要是没有那种能力，就别指望能成为真正的魔女吧？……

鸡笼子虽然修好了，但里面还没有鸡。

吃早饭的时候，外婆告诉小舞，要是想养鸡，元治会从朋友那儿找几只矮脚鸡来。小舞告诉外婆，暂时不想看到鸡。其实，小舞最介意的或许是“元治会……”这句话。

“不过，外婆想养，那就养吧。”

小舞想，要是为了外婆，我可以忍一忍。

“是啊……刚发生了那样的事情。再为它们服丧一段时间吧。”

“服丧”，这个词小舞是第一次听到。但她大致

能明白这个词的意思。她觉得，这个词很贴切地表达了自己的心情。

就在小舞拿起餐具准备站起来的时候，外婆从抽屉里拿出一个信封。

“啊，对了，我来收拾吧，小舞，你去元治家一趟，把这个钱给他。”

瞬间，小舞觉得自己的心脏冻住了。她默默地把餐具放回餐桌上，接过信封，闷闷不乐地问：

“现在？”

“嗯，最好趁元治没出门的时候。”

小舞觉得，外婆完全没有察觉到自己的心情。

这次躲不过去了。虽然小舞做好了不得不去的心理准备，但心情依然很沉重。

这一天风很大。小舞穿过前院的时候，干燥的沙尘随风飘舞。这也是修行之一啊，什么人都不能让我动摇。小舞试图让自己放松下来。这和吃饭、打扫卫生、洗衣服一样，都是日常生活的一部分。我按照外婆吩咐的给蔬菜浇水，按照外婆吩咐的去送这个信封，都是一样的。看，要去的那家已经能看到了，剩下的就是交给他就走。

两辆开得飞快的车一前一后疾驰而来，小舞在马路前面停了一下。她感到，左手边的电线杆下面，依然散发着那股阴暗潮湿的异味儿。小舞简直无法抑制心中的不快。我得学会控制我自己，不让这种情绪支配自己。因为，这就是魔女修行啊。小舞对自己说着。

汽车开过去了。确认安全以后，小舞像要甩掉什么似的飞快地穿过马路，进了元治家的院子。

“早上好！”

小舞朝屋里大声喊道。储藏室和主屋之间的通道上，好几只狗一起叫起来。通道的入口有铁栅栏，好几只狗挤在铁栅栏边上盯着这边。透过玄关，能看到破旧的拉门和晒得褪了色、起了毛边的榻榻米。里头的两个男人满脸诧异地瞅着小舞。其中一人是元治，另一个人和元治长得很像，小舞不认识。

“呃，这个……”

小舞站在玄关门槛最边儿上，把信封递了过去。元治起身接过信封，看了看里面。

“噢。”

他点点头，嘴里咕哝了一句，意思好像是“我收下了”。里面那个男人问道：

“谁家的孩子？”

元治拿着信封走回屋内。

“那个外国人的外孙女。逃学来玩的。”

“哟，那不和你是一路人吗？”

两个人高声大笑起来。一瞬间，愤怒、屈辱和压抑它们的力量在小舞心中交错在一起，搞得她脑子一片混乱。先回家再说！她刚转过身去，就瞥见院子角落里有一团被风刮落的浅褐色的毛。不知道为什么，直到走出那个院子，小舞的眼睛都没有离开那团毛。

小舞连左右也不看，就跑过了马路。幸亏她运气好，当时没有车经过。在回到外婆家的厨房前，小舞想起来了，她曾经见过和那团毛很相似的一个东西。那团毛和鸡笼子铁丝网上粘的毛一模一样！小舞心中掠过一个冰冷而灰暗的结论。

“辛苦啦。”

外婆正在晾振布。

“外婆，那家狗身上的毛，和前几天粘在铁丝网上的毛一模一样。”

小舞上气不接下气地快速说道。

外婆嘭嘭嘭地拍着振布，慢悠悠地问：

“铁丝网？”

“就是前一阵鸡遇害的时候，粘在铁丝网上的毛。浅褐色的……”

“黄鼠狼的毛也是浅褐色的呀。”

“不对。我觉得，肯定是那家的狗。就是他家的狗夜里溜出来，害了咱家的鸡……”

小舞喘着粗气说。

“可是，小舞也没有看到啊。”

“不用看我也知道。”

外婆叹了口气。

“小舞，你在那儿坐一下。”

小舞在餐桌前坐了下来。外婆也在对面坐下了。

“小舞，听我说，这是魔女修行中最重要的课程之一。魔女需要重视自己的直觉。但是，不能被自己的直觉所支配。要不然，会陷入强烈的偏执和妄想中，人就会被这些所摆布。要把直觉作为直觉，放在心中的某个地方。慢慢地，就会明白自己的直觉是不是正确的直觉。这样的经验反复多次以后，就能明白正确的直觉到来时的感受。”

“可是……”

“小舞觉得自己想的就是真的，是吧？”

小舞点点头。

“许多水平不高的魔女就是被自己制造出来的妄想所控制，结果毁了自己。”

瞬间，小舞对外婆产生了一种近乎敌意的感觉。那感觉就像黑暗中白晃晃的利刃一样，一闪而过。

外婆好像看透了小舞的心思。她双手握着小舞的手，说：

“小舞，你一定要明白，这是非常重要的。外婆并不是在指责你说的不是事实。小舞说的可能是事实，也可能不是事实。但是，更重要的，不是即使查明真相也无法挽回的事实，而是现在小舞的心，正在被疑虑和憎恶控制。”

“我觉得……只有查明真相，才能从疑虑和憎恶中解放出来。"

小舞反驳道。

"是吗？但我觉得，那样只会被新的仇恨和憎恶控制呢。"外婆温柔地抚摸着小舞的手，说，"你不觉得把精力用在这些事上，会把人搞得筋疲力尽吗？"

小舞使劲咬着后牙。紧接着，她的肩膀一松，仿佛有什么附身的东西掉了下来。她挤出两个字：

"觉得。"

强烈的疲劳感向小舞袭来。

"My dear。"[1]

外婆隔着桌子伸过手来，抚摸着小舞的脸颊。

[1] 意思是"我亲爱的"。

爸爸来了。这是正月以来，小舞第一次见爸爸。她既觉得有点儿害羞，又觉得很开心。不过，她更担心的是，爸爸对自己现在的状态怎么看。

爸爸的车开进来的时候，小舞正好在前院。爸爸看到小舞，高兴地下了车。

“嗨，挺精神嘛。”

小舞放下手里的喷壶，跑了过去。

“爸爸，公司放假了？”

爸爸高高瘦瘦但看上去有些单薄的身子往后一仰，伸了个大大的懒腰。

“嗯，刚刚好呢。托小舞的福，能好好休息一下了。”

“外婆在厨房呢。”

“好，走吧。”

爸爸揽着小舞的肩头，向前走去。小舞觉得爸爸的手有些重，她若无其事地松开肩膀，走到前面。

外婆正在厨房里揉面团，不知道是要做馅饼还是要做什么。

“啊，你来了。累了吧？”

“一到这儿啊，整个人就放松了。小舞让您费心啦。”爸爸低头致谢。

外婆啪啪几下把揉好的面团用湿布包好，放到冰箱里。接着，外婆洗了手，往水壶里灌上水，打着火。

“多亏小舞在这儿，我每天都过得很开心。我真想小舞一直在这儿住下去啊……”

外婆嘻嘻一笑，瞅着小舞和爸爸。

小舞明白外婆是故意这么说的，于是她偷偷去瞅爸爸的脸。

爸爸虽然在笑，但表情有点儿不自然。

“爸爸，礼物呢？”

小舞看着爸爸手里的纸袋，问道。

“啊，我差点儿给忘了。这是你妈让带来的。”

说着，爸爸从袋子里拿出巧克力、曲奇饼干桶和抱子甘蓝。

“哎呀呀。”

外婆开心地接过去，放到冰箱里。外婆特别喜欢抱子甘蓝。爸爸又拿出一个褐色的大信封，递给小舞。

“这是学校的讲义和资料。”

不用说，小舞也知道。大信封出奇的沉。

“还有，这个才是真正的礼物。”

爸爸递过他工作的 T 市的点心。点心用时尚的苔绿色包装纸包着，很好看。包装绳也是细细的金丝带，很漂亮。

“好漂亮啊。里面是什么？”

外婆用托盘把沏好的茶端了过来。

“是点心。算是和式点心吧，但里面的馅儿是卡仕达酱[1]。”

“哦，谢谢啦。小舞，咱们一起吃吧。”

小舞想，爸爸可能觉得外婆是外国人，所以特意选的这个吧。要是真的是这样，那爸爸还不太了解外婆。这并不是外婆喜欢的。外婆喜欢深深植根于当地风土的地道的东西，即便是自己不熟悉的口味儿。

卡仕达酱被包裹在海绵一样松软的点心皮里，味道相当不错。但对小舞来说，吃起来有点儿太轻、太甜，不够有嚼劲儿。可能是因为小舞已经吃惯了外婆做的加了香料和干果的沉甸甸的点心。

外婆一脸认真地静静吃着点心，仿佛在吃什么神圣的东西。

---

[1] 卡仕达酱是一种源自欧洲的经典甜味酱，以蛋黄、牛奶、面粉等为主要原料，口感细腻，广泛用于甜点制作。

小舞感到气氛有点儿紧张。

突然，爸爸用郑重的语气开口说：

“小舞，我和你妈也谈过了，准备咱们仨都搬到 T 市去住。怎么样？”

这可是小舞完全没有预料到的。不等小舞开口，外婆转向爸爸，先问了起来：

“那，小舞妈妈要辞掉工作吗？”

“她说辞掉也行。”

“那学校呢？”

小舞问。她的声音大得自己都吓了一跳。

“那就得转学了。”

爸爸一脸认真地回答。

小舞能感到，爸爸和外婆都屏气凝神地瞅着自己，看自己有什么反应。小舞一时不知道该如何回答。

简单一想，不用再去那个令人讨厌的学校了，应该感到高兴才是。可是，小舞自己也很意外的是，她总觉得有点儿不对劲，心里很不踏实。

“现在就得决定吗？”

爸爸有点儿吃惊，可能他以为小舞一定会很高兴吧。

“啊？噢，是啊。爸爸今天晚上住下，明天回去。在我回去之前，告诉我你的想法吧。”

“知道了。”

小舞点点头。

“那就这样。对了，反正开车来了，我们去镇上兜兜风吧。”

爸爸笑眯眯地提议。

小舞的神情立刻一亮。

“真的？外婆也一起吗？”

“当然啦。”

外婆笑了笑，拿起旁边的笔和便条纸，说：

“太感谢啦，不过啊，我还有好多事要干。你们好久没见面了，你俩去吧。我就不去啦，你俩帮我买点儿东西吧。今天我想做你爸爱吃的乳蛋饼。

好久没做了……”

哇！小舞和爸爸同时欢呼起来。

“刚才揉的面团就是吧？其实，刚才我还想呢，要是做乳蛋饼就好了。”

“直觉很准嘛。那就帮我买蘑菇、红菜椒、鸡蛋和牛奶……还有，对了，还有培根……”

外婆想到什么就写了下来。小舞接过便条，立刻站了起来。

“那我们走了，外婆。”

“咦？现在就走？”

爸爸慌忙喝光杯子里的茶，站起来。

“玩得开心点儿。”

外婆送小舞和爸爸上了车。汽车发动了。

“小舞，你晒得更精神了呢。”

爸爸一边开车，一边高兴地对小舞说。

“啊？晒黑了？”

“更健康了呀。简直像海蒂一样呢。”

“哎？”

“不是有这么一个情节吗？在小镇上得了病的海蒂，回到山里完全恢复了健康。”

“啊，对。”

是啊，完全一样呢，小舞心想。

开车到镇上大约要三十分钟。好久没坐车了，小舞尽情欣赏着车窗外不断闪过的景色。突然变得开阔的景致，绿油油的麦田，飞来飞去的鸟儿……向着山下行驶了一会儿，看到了林间流淌的河流、河流沿岸的农田。风从车窗吹进来。

“去了 T 市，也许就不能这样经常来外婆家了……”

“坐新干线的话，差不多三个小时？”

“是啊。不过，这儿离车站很远。算上从家到 T 市车站的时间，等新干线的时间，从车站到外婆家的时间，需要半天的工夫，和开车差不多。”

“……哦。”

虽然小舞在这个世上度过的岁月还不是很长，但她也本能地知道，窗外这片广阔的风景非常珍贵。

不可能永远这样下去。农田对面是一排杉树，树梢在风中齐刷刷摇动着。杉树对面，微暗的河流潺潺流淌着。绿油油的大山，洁白的云彩，无边无际的蓝天。小舞怀着一种说不上是感伤还是怀念的心情，出神地看着眼前的风景。

“你外婆呀，很赞成你妈辞掉工作呢。”

爸爸很确信地说。

“你怎么知道？”

“你外婆的思想是，女人应该在家里守护家庭。应该是吧。我和你妈结婚的时候，你外婆对你妈说过，把工作辞了多好啊。但你妈没辞。你妈当时很反对你外婆的想法。”

爸爸没有告诉小舞，妈妈当时说，觉得被外婆压得都喘不过气来了。不过，光是听到妈妈曾经很反对外婆的想法，小舞就已经很吃惊了。

“哎？外婆和妈妈看上去感情那么好，真没想到还有这种事呢。”

“她俩感情当然好啦。只是，你外婆太出色了吧。爸爸也很尊敬你外婆，但有时候也会觉得外婆不太了解现在的时代潮流吧。”

确实，小舞能感到，爸爸面对的是电脑和信息堆成的大山，是源源不断的传真文件组成的河流。那些东西让爸爸曾经年少的清瘦脸庞，增加了辛劳的皱纹和淡淡的黑眼圈。可是，那其中也蕴含着能一直面对现实生活的真实感。而那些，正是被小舞置于山对面的东西。

“爸爸一个人在外地工作已经一年了。我正考虑该解决一下这个问题了。只是，我不知道怎么跟你妈开这个口。小舞的事情正好是个机会，让我能和你妈提这事了。所以，爸爸我啊，得感谢小舞呢……这么说，挺可笑的吧？”

“挺可笑的。”小舞点点头。

从山顶坡道开下来，看到了第一个红绿灯。现在是黄灯，爸爸慢慢减速，缓缓停了下来。妈妈停车一向很急，身体会猛地向前一晃，爸爸的车停得真稳当。

小舞深呼吸了一下，调整着气息。

“那个……”

“什么？”

“你还记得吗，爸爸？老早以前，我问过你，人死了之后会怎么样？”

“还有这事呢？我当时怎么回答的？”

小舞简直大失所望，但她还是耐着性子告诉爸爸：

“你说，人死了就什么都没有了。”

小舞的声音很低沉，听上去还带着怨气。爸爸忍不住扑哧一下笑了。

“那是老早以前的事情了。那个时候，一般都那么认为嘛。不过现在呢，说实话，我也不清楚呢。因为啊，不同的人有不同的说法。最近嘛，‘人死了就什么都没有了’这种观点，好像不怎么流行了。”

信号灯变绿了。爸爸和停车时一样，慢慢踩下油门，发动了汽车。

“不流行了……”

小舞茫然地重复着。

外婆做的乳蛋饼好吃极了。爸爸喝了兜风时买的啤酒，很快犯起困来。外婆让小舞带爸爸去阁楼上小舞的房间休息。

“小舞，带条被单上去，把床铺好。你今天在我房间睡，我给你铺被子。”

小舞点着头站起来，催促爸爸说：

“爸爸，走吧。”

“不好意思啊。最近，太缺觉了。”

“真够辛苦的。好好休息一下吧。”

“谢谢您啦。晚安。”

“晚安。”

小舞把走廊中间的壁橱打开，从里面拿出两条被单。

“这儿竟然有个壁橱，我都不知道呢。真不错啊。浴巾和毛巾都叠得这么整齐。小舞也帮忙了吗？”

“对啊。浴巾和毛巾各有各的叠法，所以摆好后会这么整齐。”

小舞有些骄傲地说。

“真了不起啊。”

爸爸轻轻拍拍小舞的脑袋。来到阁楼上小舞的房门前，爸爸站住了。他伸手摸着外公房间的房门，说：

“爸爸很喜欢你外公。你妈对石头没什么兴趣，所以当时我和你妈决定要结婚的时候，每次见到你外公，他都会教给我很多石头的知识，就像对自己的亲生儿子一样。一说到石头，你外公就像个小孩子一样眼睛发亮，着迷得不得了。我们一起去山上散步的时候，你外公有时会突然停下，捡起一块石头，仔细看看，一转眼就放到嘴里，嚼了起来。”

“……吃了？”

“不是，那是在鉴定矿石呢。”

“……”

“爸爸很喜欢你外公。”

爸爸低着头，喃喃地说。

接着，爸爸抬起头，走进小舞的房间。看着小舞手脚麻利地铺床，爸爸瞪圆了眼睛。

“太叫人吃惊了，不久前还觉得你是个小宝宝呢，现在竟然已经这么能干了。应该给外婆付学费呢。”

小舞最后嘭嘭嘭地拍了拍床铺的四个角。

“铺好啦。爸爸，晚安。今天谢谢啦。”

“我才要谢谢小舞呢。今天真开心，晚安。”

小舞俨然一副能干主妇的模样，意气风发地回到厨房。外婆正在厨房里把多的乳蛋饼包起来。

“这个，明天让你爸给你妈带回去吧。”

“啊，对啊。妈妈一定很开心。”

小舞走到水槽边，卷起袖子开始洗碗。外婆在一旁，用擦碗巾把小舞洗过的碗擦干。

“转学的事情，你怎么想啊，外婆？”

“这个嘛，我倒是觉得，一家人住在一起比较好……”

“我爸可真是的，自己说的话都忘了。喏，就是‘人死了什么都没了’那话……”

“哦，小舞生气啦？”

“我才不生气呢，真是的。爸爸说，‘人死了什么都没了’的说法已经不流行了。所以，现在他自己也搞不清楚了。”

外婆笑弯了腰。小舞也跟着扑哧一下笑了。

“这也太不负责任了吧？真过分！真不像个当爸爸的。”

“你爸啊，无论什么时候，对自己都很坦诚。

就算对小舞，他也觉得要像对一个大人一样平等和诚实呢。”

外婆劝着小舞。不过，刚才笑得太厉害了，外婆的眼角还泛着泪花呢，所以这话没什么效果。

“嗯，我爸人倒是不坏，就是缺少点儿想象力。他也不想想，他自己这么说，还没长大的女儿会怎么想啊……”

“是啊。不过，缺乏想象力的人，这世上多的是呢。”

“我知道。”

小舞简短地说完，把洗碗盆里的水哗啦一下倒掉了。外婆也擦完了最后一个盘子，把擦碗布洗干净，晾了起来。

“剩下的我来弄。小舞，你去准备睡觉吧。”

小舞刷了牙，换上睡衣。她刚钻进外婆房间的被窝，外婆就进来熄了灯，躺到小舞旁边的被窝里。

“这么快啊，外婆。”

“有小舞帮忙，没什么要干的了。”

“那个，外婆……”

“嗯？”

“为什么爸爸没有问过我怎么不去上学呢？”

“你妈问过吗？”

“没有。对啦，外婆也没有问过呢。”

“因为我们都相信小舞啊。既然小舞说不想去上学，那一定有不去的理由吧。我们都这么想。”

小舞把被头拉到下巴那儿。

“女生之间的交往，很特别。”

小舞低声说完，叹了口气。

“一开始，班里很快就形成了几个小圈子。课间的时候，一起去上厕所啊，一起聊喜欢的明星啊。”

“真不容易呢。”

“随大流倒也没什么不容易。只是，一开始的时候，加入和自己对脾气的小圈子里，很费心思。一直到去年，我还挺顺利的。但今年，不知道为什么，我越来越烦这一套了。”

“加入小圈子？”

“嗯，形成小圈子的那一套，就跟心理战似的。我们组成一个小圈子吧——捕捉到有这种想法的女生的视线，冲她笑；明明不感兴趣的话题，也拼命地随声附和；不想去厕所的时候也跟着去厕所。我总觉得，这些事太无聊，太没劲了。”

“我明白。”

“所以呢，今年我就完全不做这些事了。结果，就连去年的好朋友也加入了别的小圈子，只剩我一个人了。”

“加入别的小圈子，就不能和小舞要好了吗？”

“不能了呀。”

小舞转过来，朝着外婆的方向。她觉得自己就像在教外婆音响的使用方法。

“就算那个女生想和我说话，但只要那个圈子里的人一叫她，她就得立刻去她们那边。也就是说，这是忠诚问题，事关她看重哪一头。”

“真够难的啊。”

“是很难。不过，我一点儿都不怨恨那个女生。因为，她也是身不由己。”

小舞用平静而清醒的声音说。

“那些小圈子之间没有什么交流吗？”

“有互相敌视的，也有关系算不错的。不过，现在我在的班里，各个小圈子之间的关系越来越好了，这很少见。”

“也可能这样吗？”

“嗯,很简单。只要大家都选一个人当敌人就行。”

“……”

听到这儿已经够明白的了。

外婆深深地叹了一口气。小舞沉默了一会儿，让自己的心情平静下来。这次居然没有哭，连自己都觉得自己真够棒的。

“爸爸说，明天告诉他要不要转学。虽然我一直在想……”

“魔女都是自己做决定的。你知道的，是吧？”

外婆用食指轻轻点点小舞的额头。

“嗯，我知道。不过，外婆，你听我说嘛。”

“好，好。”

“就算转学摆脱了那个班，但还是没有解决根本问题啊。所以，我还是没法儿打心眼儿里高兴起来。就跟临阵脱逃似的，我觉得很愧疚。”

“解决根本的问题，对小舞这样的见习魔女来说，太难了。这种情况的根本问题是，全班都很焦虑不安啊。班里的每个人都各有各的不安呢。”

“可是，我觉得，我也有我的问题。”

小舞勇敢地说了出来。

“我觉得，我还是太软弱了。是让自己像一匹狼一样勇往直前呢？还是选择舒适的合群生活呢？……”

“具体情况具体决定，好不好？没有必要因为追求能让自己舒适生活的地方，就觉得愧疚啊。仙人掌没有必要在水中生长，荷花也不会在空中开放。北极熊选择了北极，而没有选择夏威夷，会有人因此责怪北极熊吗？”

这话很有说服力。不过，小舞也没有认输。小舞现在跟外婆说话，已经没有那么多顾虑了。

“外婆，你总对我说，要我自己做决定。可我觉得，我总是被诱导着朝你想的那个方向去呢。”

外婆瞪大了眼睛，看着别处，装起了糊涂。

第二天，爸爸起床的时候，小舞和外婆刚刚吃完午饭。看到穿着睡衣，睡眼蒙眬走下来的爸爸，外婆笑着说：“和小舞一模一样呢。”小舞假装一噘嘴。爸爸不好意思地笑着，坐到餐桌旁。

“这一觉睡得可真舒服啊。小舞，谢谢啦。”

小舞马上去给爸爸准备饭菜。外婆和爸爸对视了一眼，微微一笑。

“小舞，最后你怎么决定的啊？”

爸爸一边喝茶，一边问小舞。这次，小舞和外婆对视了一眼。

“我想和妈妈一起去爸爸那儿。”

爸爸的眼睛一亮。

“真的？果然。”

看到爸爸高兴的样子，小舞想，还是这样选择好啊。虽然不知道新学校对自己来说会不会是“北极”，但很值得试一试。就把那里当作自己这个未来魔女的秘密修行之地吧，小舞这样下定了决心。

“还要办各种手续。尽快搬过去比较好吧。”

“爸爸，我想自己考察一下学校……我想自己选择学校。”

“哦，生活态度很积极嘛。好的，好的。”

爸爸很开心。

这个工夫，外婆一直忙着把从田里采来的新鲜蔬菜装到纸箱里，把香草扎成一束束的。

接着，外婆把以前和小舞一起做的瓶装野草莓果酱和昨天晚上的乳蛋饼放到一个干净的盒子里，自豪地说：

“这果酱是小舞做的呢。”

爸爸感慨地说：

“小舞啊，已经变成一个出色的 country girl[1] 了。”

爸爸把“外婆理想中的”这几个字咽了回去。

怀着对未来的美好展望，爸爸要回到妈妈身边了。小舞和外婆把爸爸送到院子里。

傍晚的虫子们，一反常态地忙碌着。

蚂蚁们排着队在大迁徙，小小的苍蝇和蜜蜂们不停地飞来飞去。

西边，飘来了深灰色的云层。

“好像要下雨了。”

外婆喃喃低语。

[1] 意思是“乡野女孩”。

第二天早上醒来，果然下雨了。黎明时分，小舞在半梦半醒间依稀听到了雨声。从窗户往院子里一看，花草树木微微低着头，沐浴着轻柔的雨滴。

小舞周围忽然间热闹了起来。还有两三天就要离开外婆家，要做搬家的准备了。妈妈也常常打电话过来。

去了 T 市，就不能常常来外婆家了吧。小舞和外婆虽然都没有说出来，但彼此心里都很明白。

小舞趁着雨势稍小一些，去了“属于自己的地方”。她像往常那样，坐在那个常坐的树墩上，享受着这块与世隔绝的空间。就在这时，前方的竹林附近，有竹丛不自然地晃动起来。是有鸟儿吗？小舞定睛一看，啊？竟然是扛着锄头的元治！

小舞大吃一惊，心狂跳起来。元治似乎还没有注意到这边，正专心地用锄头刨着竹林交界处的那道坎儿。他在干什么？他这是……侵犯我们的土地，扩大他自己的土地呢。小舞想到这儿，身上的汗毛倏地竖了起来。她不由自主地站起来。这下，元治注意到了这边。两人四目相对。一瞬间，元治露出尴尬的神色，但紧接着变成了嬉皮笑脸的表情。他大概是感觉到了小舞的熊熊怒火吧，少见地辩解说：

“俺挖竹笋哪。”

小舞使劲瞪了他一眼，一句话也没说，扭头跑了。

“外婆！”

看到脸色大变的小舞，正在地里干活儿的外婆急忙过来了。

“怎么了？”

外婆让小舞在餐桌旁坐下，听她讲起来。听完之后，外婆坐到依然气咻咻的小舞身旁，抚摸着她的后背，说：

“小舞，魔女修行的事情，你给忘了？”

“啊。”小舞轻轻叫了一声，使劲把已经到嗓子眼儿的话咽了下去。

“这么容易激动怎么行呢？看你这表情，好像有人要追杀你似的。”

刚才真的觉得像是有人要追杀自己呢，小舞想。那个粗野讨厌的人侵犯自己的神圣领域，简直无法忍受！

“可是，不管怎么着，我都没办法克制对那个人的讨厌。”

只有这件事情，小舞决定一步也不向外婆退让。

“元治不是说他在挖竹笋吗？那不就行了？”

“那怎么可能是真的呢？”

外婆怎么不明白这件事呢？外婆为什么要和那个卑鄙下流的男人有来往呢？一扯到那个男人，外婆简直就变成了一个陌生人，离自己越来越远。小舞感到又焦躁又孤单，真想大哭一场。她好不容易开口说：

“他那是犯罪啊。”

外婆没有说话。

“要是由着他那样，那块地都会被他夺走的。”

外婆看着小舞，微笑着说：

“不是还有樟树吗？还有栗子树，还有好多树呢。他不会连那儿都越过的。就算元治真的像小舞说的那样。”

外婆轻轻制止了想要反驳的小舞，接着说：

“再说，我想，小舞对元治也很没有礼貌吧？你没和他打个招呼就跑回来了，是吧？那样做，别人会很受伤的。”

小舞咬着嘴唇。那，那个人一直以来对我的态度又算什么？外婆什么都不知道。外婆都不知道那个人在背后怎么说外婆。可是，那些话不能对外婆说。我说不出那些……

“遇到这样的事情，要我不激动，不生气，我绝对做不到。我绝对不可能喜欢那样的人。那个肮脏的家伙，他，他死了才好呢……”

“小舞！”

外婆短促地叫了一声，打了小舞一巴掌。事情就发生在一瞬间。小舞惊呆了，眼泪唰地涌了出来。

“外婆觉得那个男的比我还重要！”

小舞咬着牙挤出这句话，站起来噔噔噔地跑回了阁楼上自己的房间。她扑到床上，用被子蒙住头。

外婆太过分了！竟然让我遭受这么大的屈辱！而且，还是为了袒护那个男人。外婆太过分了！真没想到，外婆竟然这么野蛮！这一切都是那个男人的错！只要没有那个男的，我和外婆之间一点儿问题也没有。那个男的根本就不配活着！啊，气死人了……

小舞终于哭累了，就那样睡着了。

夜里，小舞听到有动静，睁开了眼。是外婆轻轻推门进来的声音。小舞虽然觉得有点儿难为情，但为了表示自己知道外婆进来了，开口说：

“几点了？”

寂静的房间里，小舞的声音听上去很生硬。外婆轻声回答说：

“十一点了。肚子饿了吧？要不要下去吃点儿东西？”

巧的是，小舞的肚子正好咕咕叫起来。那声音长长的，怪可笑的。外婆忍不住扑哧一下笑了。小舞虽然也觉得好笑，但她绷着脸，硬是皱着眉头。只能下去了。

餐桌上摆着西红柿汤、酸奶拌香蕉、苹果沙拉。外婆麻利地把汤重新温了一下，烤了几片切得薄薄的面包片。小舞一脸不高兴，一句话也不说。外婆格外温柔，就好像小舞得了感冒似的。哼，我可不会上你的当，小舞执拗地想。但她又很希望以前那种温暖的生活能继续下去。这些思绪在小舞脑中交错着，让她不知道怎么办才好。

吃完饭，小舞正要回自己房间的时候，外婆在她背后说：

“Night-night sweetie。”

仿佛朝着已经驶远的小船拼命地扔去绳子一样，小舞回过头来，下定决心说出一句话：

“可是，外婆对我说的话，反应也很激动啊。”

外婆嘻嘻一笑，挤了挤眼睛说：

“也有这种时候。”

第二天，依然是一早就开始下雨。屋里屋外一片安静。静得在屋里好像能听到雨水渗入腐叶土的声音，接着，仿佛又渗入了小舞的内心。她就像个受了伤的小动物，一动不动地静静待着。

雨渐渐小了。下午，雨停了，但天空还是一副随时会下起雨来的模样。小舞和外婆说了一声，去了后山。明天，她就要离开这里了。

腐叶土吸足了水分，每走一步，都要留神不要滑倒。走到“属于自己的地方”的入口时，小舞却犹豫了，要不要进去呢。

小路深处的杉树林那边，雾气冉冉升起。小舞不由得向着那个方向走去。她觉得，那边有一个更明亮、更沉静、更悲伤的世界。

不知为何，小舞想沉浸在更悲伤的感觉之中。她从针叶林中走过。这片树林的对面是一片湿地，雾气从那边升腾起来。和晴天的时候不同，静谧的草地湿气变成微小的绿色水滴，渗入小舞的毛孔和鼻腔。

自己好像曾经来过这里，小舞茫然地想。

突然，天空一下子亮起来，微弱的阳光照下来。

就在这个时候，一股甘甜的味道传来，小舞朝那个方向凝神望去。

湿地对面的山坡上，有一棵看上去有二三十米高的大树，树上开着差不多有二三十厘米大的白花。一朵朵白花就像一个个点亮的纸灯笼，映入小舞的眼帘。那花朵看上去就像大了一圈的广玉兰，也很像荷花。

啊，对了，那就是在空中开放的荷花啊。虽然外婆说过荷花不会在空中开放。雾气中，那些花如梦如幻地开放着。小舞被深深吸引了，待在那里一动不动。啊，如果像外婆说的那样，人是有灵魂的，真想变成那个灵魂，围着那些花朵轻飘飘地飞啊，那该多美妙啊。

这种被吸引的感觉是如此强烈，小舞不禁害怕起来。她觉得，又要听到并不是自己“发自内心想听到的声音”了。就在她转身想往回走的时候，她脚下一滑，掉进了一个落差不小的洞里。虽然没有

受伤，但沾了一身泥。就在要爬起来的时候，小舞猛地睁大了眼睛。

这个洞的侧面有一个更深的洞。在那里面——在这片幽暗树林深处的更为幽暗、几乎不见阳光的地方——开着一片美丽的银色花朵。那种植物的茎大约有二十厘米高，没有叶子的茎上包着银白色鳞片，茎的顶端开着兰花似的小花，看上去就像一个精致的银器。那植物差不多有几十棵，宛如从地面长出来的蘑菇或笔头草。那情景真是奇妙极了。

小舞在那儿出神地看了好一会儿，直到听到雨滴穿过树叶间隙落下的沙沙声，她才站起来。膝盖好疼。小舞采了一朵奇异的美丽花朵，从洞里出来了。

在厨房外面的后院，小舞碰到了打着伞正要往外走的外婆。可能是看见下雨了，所以外婆打算去接小舞吧。看到浑身是泥的小舞，外婆跑了过来。

“怎么了？弄得这么脏。没受伤吧？”

"我发现了一种没见过的花。可能是新品种。"

小舞故意把自己的声音压得低低的。因为，她还没有完全和外婆和好呢。唉，这种事情真是麻烦啊。外婆愣了一下，立刻开心地说了一声"哦"，接过了那朵花。

"这是球果假沙晶兰。今年我也是头一次见。小舞，你掉到那个洞里了？来，先进来换衣服吧。"

听到自己并没有发现新品种，小舞有点儿失望。她冲了澡，换了衣服，来到厨房。那朵球果假沙晶兰被插到一个小花瓶里，摆在外公的照片前面。外婆给小舞沏了一杯红茶。

"你外公很喜欢这种花，他管这种花叫矿石精灵。所以啊，每年到这个时候，我就这样在他照片前面摆上一朵。小舞小的时候，我还带着你一起去采过呢。不过，今年啊……"

外婆像对外公说话似的，喃喃地说：

"小舞一个人给你采来了。"

小舞喝着红茶，问：

“每年都是这种时候开花吗？”

“是啊。每年雨水多的时候，土地吸饱了水，这种花就会苏醒过来。这种花是不需要阳光的。”

“湿地对面，还有一棵开满了大白花的树呢。”

“啊，那是厚朴树。那种花有阳光才开。稍微老一点儿的厚朴树会一直开着花，太阳下山花就合上，太阳出来花又开了。厚朴树开花的时候会散发香味，闻到香味，就知道花开了。”

“有股甜甜酸酸的味儿。”

“是吧？有股引得人晕晕乎乎的味儿。”

小舞凝视着球果假沙晶兰——矿石精灵。阳光照不到的地下世界之美。小舞觉得，这好像是外公送给她的礼物。她感到，外公仿佛就陪在自己身边。那一天，那一刻，在厨房的餐桌旁边，小舞感到了那种不可思议的存在——还有一个人，在和小舞、外婆在一起静静地喝茶。

终于，到了小舞离开外婆家的日子。直到昨天还是阴雨连绵，今天一下子成了晴空万里的艳阳天。来接小舞回家的妈妈，虽然注意到小舞有点儿无精打采，但她以为小舞是因为不想和外婆分开呢。外婆问妈妈，真的要辞去工作吗？妈妈看到小舞正好在厨房门和外门之间的那块空地那儿，就对外婆说：

“这是我和她爸商量的结果。一家人不在一起，我又忙着工作，这让小舞也很有压力吧。所以，我先辞掉工作，搬到 T 市，可能是最稳妥的办法。”

“不容易啊，下了这个决心。”

“还行吧。我是从对我来说什么最重要来考虑，排出了优先顺序。”

外婆嘻嘻一笑，问：

“不考虑就不明白，是吗？”

妈妈对外婆的笑很不服气。

“我先说下啊。我可没打算以后彻底不工作。

妈妈你这样的生活，我可做不到。我要过我的人生。妈妈可不能因为自己是外婆，就把自己的生活方式强加给我或者小舞哦。”

外婆有些落寞地微微一笑，说：

“也许啊，我那一套确实过时了。”

不用说，她们的这番对话，小舞都听到了。小舞正在给“小勿忘草”浇最后一次水。听到外婆的语气那么伤感，小舞觉得心里很不是滋味。妈妈心里也很不好受吧。

“怎么了，妈？这可不像你啊。”

“怎么才像我呢？”

“总是自信满满啊。”

确实，小舞也这么觉得。外婆永远都清楚，什么时候自己应该做什么。她就像院子里的花草树木一样，踏踏实实地生活着。和外婆相比，小舞总是心神不定，对自己做的事情没有信心。

过了一会儿，三个人又像刚来的那天一样，一起做了三明治。妈妈发现小舞这次没有把旱金莲叶子抽出来，她也没有说什么。

最后，坐上车要和外婆说再见的时候，小舞很想哭。比起和外婆分别的伤心，没有解开的疙瘩沉甸甸地压在心头，让她更难过。外婆用又是担心又是难过的神情看着小舞。小舞心里明白，外婆很想听小舞对她说一句话。像那件事情发生之前一样，说一句“最爱外婆啦”。可是，小舞没能说出口。

汽车发动了，开出院门，从小路上拐了出去。虽然已经看不见外婆了，但小舞依然能感到外婆那期盼的眼神。

从那以后，两年过去了。小舞每天正常上学。

新学校里当然也有帮派之类的小圈子，但不像以前的学校那么无处不在。而且，小舞交到了新朋友。那个女生名叫翔子。

翔子是一个有着独特气质和价值观的孩子。只要和她在一起，小舞就很开心。翔子说话喜欢直来直去，但她没有恶意，说的话也大多都有道理。但是，翔子在班里总显得和大家有些距离。

不过，对翔子来说，她并不需要合群。翔子是那种总是站得笔直，目视前方的人。如果翔子剪指甲，就连剪下来的指甲也会让人觉得，这指甲只会是翔子的，绝对不会和别人的一样。翔子的性格就是这么干净而鲜明。

小舞转校后，很快就通过一件事和翔子成了好朋友。从那之后，不管做什么，她俩都会自然而然地走到一起。

小舞也没有忘记魔女修行这件事。现在也是，只要是自己决定的事情，小舞都会默默努力，坚持到底。或许，通过这样的努力，自己和外婆之间的那根线就不会断吧。

一想到外婆，小舞心里就隐隐作痛。小舞现在依然觉得，当时用那么难听的话说元治，那是自己无法控制的感情的“外露”。(“外露”这个词是小舞最近从书中学来的。但因为还没有在实际生活中用过，所以她觉得还不算自己的语言。)她现在还没有为此感到后悔或为此反省的打算。

可是，作为外婆，对小舞下手那么重，不也是自己无法控制的感情的“外露”吗？外婆虽然是个魔女，但她首先也是人啊。和外婆分开之后，小舞思考起这些来。

确实，小舞的内心深处还努着劲儿不想原谅外婆。可是，在心里维持这样的状态非常耗费心力。小舞越来越觉得疲倦了。再说……自己最后对外婆的做法也很过分。那样离开外婆，把外婆一个人留在那里就走了，难道不是一件很残酷的事情吗？

想象力的翅膀终于到达了这个层次，小舞的心情越发沉重起来。她开始觉得，和自己遭受的事情相比，自己做的事情更应该求得别人的原谅。她下定决心，下次见到外婆的时候，要把这些话都说出来。要把自己的心思都亮出来，全都交给外婆。这样的话，外婆又会冲小舞嘻嘻一笑，对小舞讲让她安心熟睡的话了。

小舞总是这样对自己说。只是，下次第一眼看到外婆的时候，还有把这些话对外婆说出来之前，心里会沉甸甸的……

在那之前，小舞想，至少要好好做到外婆教给自己的事情。为了下次见到外婆时，让外婆高兴一些，小舞对所有的事情都坚持不懈地努力着。

令小舞没有想到的是，她做事的态度得到了翔子的尊敬和欣赏。因为，说起来，翔子做事情是不太容易保持热度的。

可是，在那之后，小舞一次也没有去过外婆家。看到小舞的学校生活步入正轨，妈妈又开始了工作，爸爸依旧那么忙。小舞也一样，时间安排得满满的。

去外婆家的路上，小舞回想着两年前的日日夜夜。还有，曾经那么喜欢的“属于自己的地方”。这两年来，自己竟然几乎没有想起过那个地方。重要的事情是不会变的，对小舞来说，那儿是可以和圣殿相媲美的地方。可是，自己怎么会把那儿给忘了呢……小舞觉得很内疚。

汽车开进了外婆家的前院。已经有不认识的车停在那儿了。妈妈和小舞迅速从车上下来，直接进了门。元治从里面出来了。小舞怀着复杂的心情瞧着好久没见的元治。

“我妈呢？”

妈妈连招呼也没打，直接问道。元治默默地指了指里面外婆的房间。妈妈一言不发地直奔那个房间。

元治看到小舞，轻轻一点头。小舞拘谨地向他回了礼，去追妈妈了。

外婆端端正正地躺在被子里。外婆脸上蒙着的白布让小舞心头一惊，好像被当头泼了盆凉水——

外婆，也得蒙这样的东西吗？

这时，妈妈用冷静得吓人的语气说：

“我们家不盖这种东西。”

接着，妈妈把白布取了下来。外婆瘦削而苍老的脸露了出来。两年的时间，会让人老成这样吗？

“她会这样告别人世的。”

妈妈的声音很低沉，没有丝毫起伏。

妈妈像一个被抛弃的孩子，小舞感觉自己就像一个旁观者。

“小舞，抱歉，你先去厨房待一会儿吧。”

小舞默默地按妈妈说的做了。和外婆去世带来的悲伤相比，已经无可挽回的巨大悔恨像浓黑的煤焦油一样，覆盖了小舞的内心。小舞觉得，自己的胸口被生生拉出一道又长又深的刀伤。那种疼痛箍住了小舞的一切。小舞觉得，自己再也不可能迎来和以前一样的清晨了。

这时候，传来了妈妈的号啕大哭声。小舞感到，自己的嘴唇冰冷得直发抖。她就这样一动不动地待着，很久。直到妈妈走进厨房，她才回过神来。

“得和英国那边联系。估计你爸快到了……外婆当老师时的通讯录应该就在这边……”

妈妈打开橱柜找起来。小舞也站起来，帮着找。通讯录在针线盒里找到了。

“妈妈去那边打几个电话。”

“嗯。”

两个人怀着各自的悔恨，一个留在原地，一个去了起居室。妈妈出去后，小舞猛地趴到餐桌上，扭曲着脸，声嘶力竭地叫起来：

“啊啊——”

那不是单纯的悲伤，而是一种惶惶然不知如何是好的心情。或许，悲痛这个词最接近现在的状态。连一滴眼泪都没有，真是冷酷无情啊。我到底是怎么了啊……

这时候，厨房门突然传来咚咚的敲门声。小舞抬起头一看，是元治。小舞缓缓起身，打开门。她感到，自己的身体仿佛成了被上千张薄糯米纸包裹着的蚕茧，所有的感觉都离自己而去了。

元治脸上丝毫不见以前那种凶巴巴的傲慢神情，连身体都显得比以前小了一两圈。他一弯腰，递过一个东西来。

“可以帮我把这个摆上吗？”

是球果假沙晶兰。

“啊！”小舞不由得叫了一声，双手接了过来。

“这家老爷子喜欢这个。俺虽然不咋地，但他们对俺是真好。”

元治眯缝着眼睛说。小舞仔细一看，元治哭了。

“有啥要做的，就说一声。”

元治嘟囔了一句，转身要走。突然，他的视线停在了地上。

“少见呢，附地菜开花了。”

小舞也注意到了。她叫作“小勿忘草”的那棵草，长得非常茁壮，盛开着灿烂的花朵。

“这叫附地菜？”

想起来，这还是小舞第一次不带厌恶地和元治说话。也可能是因为现在她的感觉被严严实实地包裹在糯米纸里的蚕茧中吧。

“都这么叫。”

元治点点头，走了。

小舞手中拿着的正是球果假沙晶兰——宛如精致银器一般的神奇之花。时隔两年再一次见到这种花，即使是在这种时候，这花也牢牢牵住了小舞的视线。

小舞像外婆曾经做的那样，把这朵球果假沙晶兰插在一个小花瓶里，摆在外公的照片前面。

然后，小舞来到厨房门和外门之间的阳光房，去给那棵令人怀念的“小勿忘草”浇水。小舞弯下腰，无意中瞧了一眼脏兮兮的玻璃。刹那间，她仿佛被一股电流击中，坐到了地上。

在那块脏兮兮的玻璃上，就像小孩子描着玩一样，有几行用手指或者其他什么东西描出来的字迹：

西魔女致东魔女
外婆的灵魂成功分离

刚才还没有呢，小舞想。刚才元治来的时候，还没有。还是说，早就有了，只是自己没有注意到？

啊，外婆，外婆……外婆还记得呢，我们的约定。

那一瞬间，小舞发自内心地感到，外婆那无边的爱犹如万道光芒倾注而下。那压倒一切的光芒融化了蚕茧，被封印的感情全部苏醒过来。同时，她也真真切切地感到外婆已经死去这个事实。现在是悲伤呢，还是快乐呢，小舞已经无法分辨。

小舞闭上眼睛。她仿佛受到了一击，握紧拳头，无法遏制地喊道：

“最爱外婆啦！”

眼泪止不住地流下来。

就在这时，小舞真真切切地听到了一个声音。

那正是小舞现在发自内心渴望听到的声音。那声音就像外婆温暖的微笑一样，回响在小舞心中和整个厨房。那个声音就是：

“I know。”

黑炭的故事

学校里，在流行讲鬼故事。

可能也有现在是夏天的原因，把人吓出一身冷汗的鬼故事会让人觉得进入了一个和眼前的现实世界完全不同的世界。就连不怎么爱追赶潮流的小舞，在听到别人讲从爷爷那儿听来的“古时候，巷子里冒出幽灵的故事”“附近谁也不敢去的鬼屋的故事”时，也会不由自主地竖起耳朵。不知是不是错觉，她觉得最近电视上也净是鬼故事主题的节目。每当知道有这样的节目播出，她一定会看。

于是，在一个电视上也没有这种节目的晚上，小舞和妈妈两个人吃过晚饭后，她不由得问起妈妈：

“妈妈，你知道什么把人吓出一身冷汗的故事吗？”

“把人吓出一身冷汗的故事……”妈妈一边泡着红茶，一边思索着。接着，妈妈把茶壶拿到餐桌上，说：

“我也不知道吓不吓人，喏，妈妈不是经常回家很晚嘛。”

“嗯。”说着，小舞也把茶杯和马克杯拿到餐桌上。

小舞爸爸一个人在外地工作，现在不在家，但这是一个双职工家庭。

“从车站那边的大道上拐过来，不是有段黑乎乎的坡道嘛。”

“嗯，是。”

预感到要有鬼故事了，小舞一坐到椅子上，身子就向前探去。

“好可怕啊，怪吓人的，每次我这么想的时候，都会出来一个黑影。”

妈妈的声音低了下去。小舞完全被吸引住了。

“然后呢？”

“然后就没了。”

好像是为了强调“没了”，妈妈紧紧闭上了嘴唇。

“什么嘛？那个黑影，是从哪里来的？”

“那个嘛，我也不知道呀。反正，又没干什么坏事。”

“可是，很瘆得慌吧？”

妈妈既没有摇头，也没有点头。

“嗯……那倒没有。我想起了黑炭。”

黑炭，是妈妈的娘家——远离村庄的山中的小舞外婆家以前养的一只狗。小舞小时候，黑炭就去世了。小舞听说过黑炭的一些故事，但知道得并不详细。除了黑炭去世时的事情。

“妈妈，黑炭，是从你多大的时候开始养的？

外婆家有它好早之前的照片呢。和外公一起照的。”

外公比黑炭去世得还要早。妈妈一边倒着红茶，一边慢慢说：

“黑炭啊，是在你外公的朋友家出生的，那时妈妈正好和你差不多大。是你外公把它带回来的。那是在我以前养的狗去世之后的事情。所以刚开始，我对黑炭不怎么亲。我有一种背叛了之前的狗的感觉。我总觉得，要是和黑炭亲，对以前的狗切利的回忆就会消失。不过，你外公对我说，不是这样的。”

妈妈喝了口红茶。她仿佛从脑海中勾出了回忆，接着说道：

“你外公说得对。每当黑炭做什么，我都会想：噢，切利不会这样呢；哦，切利也会这样吧。黑炭会让我真真切切地想起切利。对切利倾注的爱，没有消失；对切利的爱，会越来越多。你外公是这样说的。”

小舞被这话吸引住了。

“和好朋友之外的孩子交朋友，对好朋友的友情并不会变没。”

“对，对。友情，也是会渐渐增加的。懂得朋友们的不同之处，才会更好地理解每个朋友的个性。”

说的是呢，小舞比平时更用力地点点头。哎？学校里有什么事情吗？妈妈虽然露出这样的神情，但立刻又回到了刚才的话题。妈妈不想过多干涉学校的事情吧，小舞心想。

“黑炭是黑色拉布拉多犬和日本犬的杂交后代。看上去和黑色拉布拉多犬很像，但更沉稳。黑炭总是跟着你外公去散步。附近的，说是附近，也是要翻过一座山的地方，曾经有狗戴着拴狗绳跑出来，路上拴狗绳不知道被树根还是什么东西挂住，狗死了，后来才被人发现。听说这事后，外公就不再给黑炭用拴狗绳了。外公说，黑炭不需要用拴狗绳。从那之后，黑炭去哪儿都是自由的。要是现在，饲养的狗不拴好，那肯定不允许。不过，就连我也觉得，黑炭是一只很懂事的狗。”

“能照顾我，是吧？”

小舞想起听了很多遍的故事。对对对，妈妈又开心地讲起以前讲过好多遍的事情。

“你摇摇晃晃走路的时候，黑炭会不远不近地跟着你。有一次，全家人正为找不到你着急时，突然有个不认识的人来说，在外面的路上看到一个小女孩。因为是在山里，所以那人很担心，想叫你一声，结果被跟在小女孩旁边的狗吼了一通。那人来问，是不是我们家的孩子。”

妈妈觉得很好玩似的，咯咯咯地笑起来。

“我们赶忙到外面的路上一看，果然，老远的前方有一个小孩和一只狗。黑炭走在过车的一侧，保护着你呢。黑炭的步子都配合着你。”

“这事我以前听过啊。所以说，黑炭能防止我‘逃跑’，是吧？”

听小舞的语气，那个“小女孩”和现在的她仿佛没有什么关系。

“那时候你正觉得走路很了不起，到处都要去嘛。要是在城里的家里，发生危险可不得了。所以妈妈做家务的时候，就把你放在婴儿围椅里。”

那就是说，在“被当作一个人看待”这一点上，我还不如黑炭呢，小舞心想。算了，算了，反正那时我还不记事，就当听一个陌生小孩的故事吧。

“在外婆家，你光着脚到处走。喏，厨房不是穿着鞋就能进嘛，你光着脚进了厨房，直接就走到田里。刚开始的时候，我吃惊得哇哇叫。我对你外婆说过好多次，我要在屋里工作，你看着小舞嘛。好好好，你外婆光嘴上答应着，但根本不管。田里，可到处是细菌啊。”

估计那是外婆的高招吧，小舞暗想。外婆说过，有各种各样的菌，才是丰富的。外婆也说过，光着脚走路，才能体会到接地气的感觉呢。

“找到你的时候，我正要大声训你，你外婆说，小舞想在没见过的风景中用自己的脚走一走、看一看嘛，不能训小舞。外婆还说，黑炭这狗啊也懂得这一点，所以一旦有危险，一定会想办法保护小舞的。我想，这把黑炭捧得也太高了吧。不过啊，黑炭确实是一条那样的狗呢。”

妈妈苦笑着，耸耸肩。这些话，小舞是第一次听。小舞终于开始觉得，那个孩子和自己是有关系的。

“黑炭，确实是那样的狗。和你一样，我也得到黑炭的很多照顾。从你外婆家到公交车站不是要走三十分钟嘛，我上学的时候，有社团活动或者什么事回来得晚的时候，都是黑炭来公交车站接我。”

“假的吧？”

从没听说狗能做这样的事情呢，小舞想。

“真的。早上，你外公去上班，我和他一起出门，但晚上我们是各自回家。刚开始的时候，黑炭是和你外婆一起来接我。有时候，外婆对黑炭说，到点了，你去公交车站接孩子去吧。黑炭就急急忙忙朝公交车站跑去。不只是这件事呢，取个东西啊，把鸡赶到鸡窝里啊，你外婆让黑炭做的事情，黑炭基本上都会做呢。”

“妈妈说的事情呢？”

“这个嘛——”妈妈有些懊恼地说，“说到我嘛，黑炭总觉得他的地位更高，是我的保护者，所以不怎么听我的。我问你外婆，有什么诀窍吗？你外婆只是嘻嘻一笑，告诉我拜托黑炭的时候要全心全意。”

嘻嘻一笑，确实像外婆呢，小舞不由得笑了。

“反正，”妈妈使劲清了清嗓子，说，“黑炭的模样黑乎乎的，看上去挺吓人。再说啦，它的体格壮得很。我和它一起回去的路上，偶尔有不认识的男人经过，一眼就能看出对方很怕黑炭，躲着我们走。有一次，不知道怎么回事，路边有一个掉落的汽油桶。因为刚才有一辆卡车从旁边驶过，所以我想可能是从卡车上掉下来的。黑炭竟然挡在我和汽油桶中间，冲着汽油桶使劲吼起来。黑炭把头压得低低的，气势汹汹地吼叫着，完全进入了战斗模式。我还是第一次见黑炭那个模样呢，可惊讶了。噢，我明白了，黑炭以前没见过汽油桶。黑炭来的路上还没有这个东西，现在却突然出现了这个怪物，所以黑炭想保护我呢。看来，黑炭把这个当成了一头熊或其他什么东西吧。汽油桶散发的味道黑炭也从来没有闻过。就在我要去安抚黑炭的时候，我发现黑炭的尾巴紧紧夹在双腿中间。看到这一幕，我明白黑炭其实害怕极了，但它还是想保护我。”

把汽油桶当成熊，黑炭这家伙，虽说糊里糊涂的，但它可真好啊。小舞很感动。妈妈养过这样一只狗，真让人羡慕啊。

“从第二天开始，黑炭好像明白了那个汽油桶不是个生物。再看到汽油桶的时候，黑炭一脸若无其事的表情。‘黑炭，这是什么？昨天你怎么吼成那样啊？’我逗黑炭。‘什么？我对这东西吼过？’黑炭一副啥也没发生过的表情，从汽油桶旁边走了过去。它那是不好意思了呢。”

妈妈回想着当时的情景，笑了起来。小舞也笑了。

“不过，黑炭也有听我话的时候呢。我负责给黑炭喂食。所以呢，只有‘等等’‘好了’这两句话管用。不只是吃饭的时候，让黑炭停止什么动作时，我就说‘等等’，解除这个命令时，就说‘好了’。”

“等等。”妈妈喃喃地说着。妈妈想起了过去的时光吧。

“不过，最喜欢黑炭的，还是你外公。你外公不在后，黑炭明显没了精神，连饭也不怎么吃了。从你外婆那儿听说这事后，我想黑炭的身体一定出什么问题了。我坚持带黑炭来这儿，到大学的动物医疗中心查一查。我是想，如果连黑炭也不在的话……”

说到这里，妈妈说不下去了。后来，黑炭来到这座城市的事情，小舞还模模糊糊地记得。

“现在想起来，真是对不起黑炭。虽然你外婆反对这么做，但我说要是黑炭也去世，我会难过的。听到我的话，你外婆让步了。我想，你外婆知道我在担心她。因为，要是那样，外婆就变成孤零零一个人了。”

小舞觉得，外婆答应并不是因为害怕成为孤零零一个人，她不是那样的人。但黑炭怎么死的，小舞是知道的。在医疗中心经历了痛苦的检查后，为了摘除发现的肿瘤，做了一个连骨盆都要部分削除的大手术。结果，手术失败了。如果什么都不做的话，黑炭至少还能多活一段时间吧。

“对不起，对不起。你一定想在外婆身边，在家里离开这个世界吧。”妈妈在黑炭身旁哭着说。从妈妈小时候开始，只要妈妈一哭，黑炭就会依偎到妈妈身旁，舔妈妈，用鼻头蹭妈妈，安慰着妈妈。所以，那个时候，黑炭可能也想去安慰妈妈吧，它拼尽力气想摇动尾巴，伸着脖子想去舔妈妈的手。可是，黑炭已经没有那样的力气了。最后，黑炭的尾巴无力地垂下来，死了。

说实话，这情景小舞是真的见过呢，还是因为听过太多次所以她以为自己见过呢，她也不清楚。当时，她好像确实在场。从她小时候开始，每次说到这件事，妈妈都会流泪，这也确实给她留下了强烈的印象。

因为黑炭是那样死去的，所以也不是不能认为黑炭对妈妈心怀怨念。但小舞并不这么认为。

“难道，你觉得那黑影是黑炭变的？”

怎么可能呢？妈妈摇了摇头。

“不，不，正好相反。黑炭虽然死了，但仍然很担心我。所以，也许它没法儿去它最喜欢的你外公那里吧。最近，我开始这么觉得。”

“妈，你是说，那是黑炭去车站接你呢？”

“对啊。”

啊？这想法也太向着自己了吧，小舞一下子愣住了。不过，听了刚才的话，小舞觉得黑炭确实是一只那样的狗呢。妈妈像是陷入了回忆，又啜泣起来。就在这个时候，纱窗对面的一片黑暗中，传来一阵声音。小舞和妈妈不由得对视了一下。唰……唰……唰……唰……

听上去，像是动物走动的声音。可是，院子里有栅栏，动物不可能从外面进来。小舞竖起耳朵，仔细听着那个声音。窗帘摇晃起来。

“所以，黑炭——”

妈妈站起来，走到窗户那儿。

“我已经没问题了。你去你喜欢的地方吧。”

接着，妈妈大声喊道：

“好了！”

这时候，窗帘又摇晃起来，看上去像是有个黑影在动。小舞倒吸了一口气。可是，什么声音都听不到了，外面恢复了平静。转过身来的妈妈，嘴巴紧紧闭着。为了不让黑炭担心，妈妈在强忍着眼泪呢，小舞想。

这个故事虽然不是能在朋友之间成为话题的“鬼故事”，但在那一刻，小舞却同样有一种“吓出一身冷汗”的感觉。

过了几天，妈妈有些落寞地说，那个黑影不再出现了。和外婆打电话说起这事时，外婆说，那是因为黑炭是一只情深义重的狗啊。和爸爸说起这事，爸爸根本不把这事当真。他说这都是因为妈妈对黑炭心怀愧疚而产生的错觉。爸爸还说，要是很多人都看到过，大家都觉得这是事实，那就另当别论。

爸爸的看法，可能就是“成人冷静的观点”吧。

直到现在，小舞还会回想起当时“吓出一身冷汗”的感觉。但她觉得，那和因为害怕而“吓出一身冷汗”是不一样的。在感受到“某种不是这个世界上的东西”这一点上，虽然两者是一样的，但那种感觉，比因为害怕而“吓出一身冷汗”，更加肃穆，更有深意。

小舞开始意识到，爸爸所说的“事实”和人们内心体会到的“故事”，是完全不同的。虽然不能把二者混为一谈，但对自己而言，到底哪个才是“真实”，在每一个具体时刻，一定可以由自己在心里决定。

冬日午后

“早啊，小舞。你起来啦？”

厨房里热气腾腾，再加上收音机的声音，十分热闹。热气对面的外婆注意到了我，微笑着对我说。外婆是英国人，但她从年轻时就来到日本生活，所以能说一口流利的日语。

小学时，每当学校放长假，我常常去外婆家住。这次是小学六年级，也就是小学最后的一个寒假。外婆的老伴——我的外公去世后，外婆就一个人生活。

“外婆，早。”

那时我年龄还小，起床后，发现本应睡在我身边的外婆不见了,我穿着睡衣,迷迷糊糊地去了厨房。

“冷吧?”

说着，外婆从椅子上拿起她的毛线披肩披到我肩上，把我裹住。毛线吸足了炉灶的烟火气，一股烟熏味儿包围了我。每当回想起冬天的外婆家，这个气味总会在我心中油然苏醒。烟雾缭绕，却十分温暖。不管烟气多么熏人——有时候熏得我直眨巴眼睛——那种湿润、踏实的温暖，都是无可替代的。

“去换衣服吧。”

我回到房间，脱下睡衣。胳膊冻得起了一层鸡皮疙瘩。

“呼，好冷啊。”

牙根咯咯打战，我不由得使出全身的力气赶快换好衣服。然后，我又一次来到厨房，穿过厨房门，来到外面。风呼呼吹过来，我不禁闭上了眼睛。脸冻得邦邦硬，好疼。看到外面自来水管旁边放着的洗脸盆,我吃了一惊。里面的水冻住了！我跑回厨房。

“外婆，水冻住了！”

“噢，是呢。冬天啊，就在浴室里洗脸吧。我现在去加热水。”

外婆把炉子上坐着的水壶里的水倒进铁洗脸盆里，兑上凉水递给我。我端着洗脸盆去了浴室，快速洗了脸，刷了牙。平时在城里生活时，再怎么冷，也不会觉得身体被冻透了。山里的寒气可毫不留情，能从全身每一寸皮肤的毛孔中渗进来。

“刚开始在这个家里过冬的时候，睡觉前放在你外公枕头边的杯子里的水都会上冻呢。”

吃早饭的时候，外婆握着盛着红茶的杯子，微笑着说。

“啊？和冰箱一样呢。”

“对啊，天然冰箱。果汁放在外面，能变成果子冻呢。”

“哇……嗯，真和冰箱一样呢。要是夏天能这样就好了。”

我满脑子都是“果子冻”这个词。当时，我的眼睛肯定在闪闪发亮吧。

“是啊。不过啊，夏天可热得很呢。热的时候，外面是结不了冰的。”外婆依旧微笑着说。

当时的我就算年龄再小，也当然明白这一点啊。外婆是在认真和我讨论，还是在开玩笑？如果外婆是认真的，那外婆是觉得我还是个不懂这件事的小孩子吗？我担心起来。于是，我轻轻地说：

“嗯，我知道热的时候结不了冰。”

外婆扑哧一下笑了，说：

“我也觉得，小舞知道这一点。”

啊，那就是说，外婆果然是在和我开玩笑。我放下心来，但又觉得自己会纠结这件事，很不好意思。

那个时候，我很在意对方会怎么看待自己。但同时，又觉得这么在意这一点的自己很丢脸。这些想法在我脑子里转来转去，让我越来越讨厌这样的自己。我骨碌骨碌拨弄着鸡蛋杯[1]里半熟的鸡蛋。外婆看着我的指尖，慢条斯理地说：

“小舞啊，你并不是想让对方觉得自己好，你只是想让对方正确地理解自己，是不是？”

外婆的话仿佛从蚕茧中轻轻地抽出了丝线。

外婆的这种态度——和对方说话时，像对待敏感的事物一样，慎重地选择语言——虽然有时候听上去仿佛是不太自然的日语，但这样的态度在她一生之中，至少是对我，从来没有变过。

为什么外婆能像日常动作一样，毫不费力地做到这一点呢？时至今日，偶尔回想起来，我依然感到不可思议。是因为对她来说，日语不是母语吗？因为不是母语，所以语言中有一种紧张感——至少，最终不会产生“狎昵”感——不会让语言因为惯性

[1] 鸡蛋杯是欧洲人吃溏心蛋的标配餐具，外形像一个迷你红酒杯。食用溏心蛋时，先用餐刀轻敲蛋壳顶部，去除顶盖，然后撒上盐或胡椒，用勺子舀食。

而随便流出，总是尽可能地正确地使用。所以，外婆不会抛出一句话就不管了，而是会一直注视着，看自己的话有没有按照自己的意图被对方接收。外婆那时就是这样做的吧。

听到外婆的话，我恍然明白了什么，抬起头来。外婆继续说：

“如果是这样的话，那一一地修正、叮嘱，就是有意义的。”

外婆为什么会懂得当时我心里的想法呢？我打心眼儿里感到惊讶，说：

“嗯，其实，要不要把这种感觉说出来呢，我很犹豫。”

“哦，哦。”外婆微笑着，没有再说话。

那天午饭后，外婆去山脚下村子的公民馆上课。那儿请她去教怎么做水果蛋糕和上简单的英语课。

准确地说，就是用英语向大家演示怎么做水果蛋糕。“我英语能说顺溜吗？”外婆不安地说。这对外婆来说可太少见了，我觉得很好玩，笑了。

家里没有其他人的大白天，我在餐桌上做完了那天的作业。接着，我去了起居室。外面暖洋洋的，我打开窗户，躺在地毯上，呆呆地望着外面。枯草中，柔柔的嫩绿色小草露出头来，沐浴着温柔的冬日暖阳。啾啾啾，近处传来了火燕的叫声。我感到一阵阵困意袭来。

就在我昏昏欲睡时，附近突然传来一阵高亢的鸡叫声。我一下子睁开了眼睛。公鸡在地上刨来刨去，啄着什么。夜里，鸡在鸡窝里睡觉。白天，鸡就这样在院子里。在公鸡的对面，两只母鸡也在使劲地啄地。虽然我看不清楚，但母鸡好像是发现了什么虫子。两只母鸡的视线都集中在地面的一点上。这时候，公鸡不肯错失时机地跑过来，理所当然地抢走了地上的东西。这样的事情以前发生过很多次吧。

看到这一幕，我心里直冒火。首先，我就看不惯公鸡那副蛮横的样子。它怎么那么趾高气扬啊，连蛋都不下，我想。

虽然我也知道，因为不下蛋就去责难它，这种想法并不对——因为，这既不是公鸡的错，而且很明显，这又是以人的利益为标准——而人一旦感情用事起来，就很难保持公正。

这样的事情又一次发生的时候，我再也待不住了。我站起来，气呼呼地走到门外。我在绕到后院的路上，打开放着清扫工具的棚子，拿出扫院子的扫帚。我紧紧咬着嘴唇，毅然决然地绕到后面。看到又想独吞蚯蚓的公鸡，我本想用扫帚狠狠敲它的屁股。但一瞬间，我犹豫了一下，把扫帚倒过来，用扫帚把捅了捅公鸡。突然，被捅到的公鸡身子向前一扑。等它明白发生了什么事情之后，便气势汹汹地向我冲过来。我吓了一跳，丢脸地一扔扫帚，掉头就跑。我以为这事很快就会结束呢。没想到，公鸡不依不饶，追着我一直追到了门口。我真的害怕起来。

我赶紧跑到屋子里，慌慌张张关上门。我不由得深吸了一口气。简直就像恐怖片！要是电影的话，这会儿屋子里面会不知道从哪儿突然冒出一只鸡……怎么会呢？我这么想着，松了一口气。起居室的窗户！刚才我把窗户打开了。我偷偷瞧了瞧窗户，不知道什么时候，窗户好像是自己关上了。我终于放下心来。隔着窗玻璃，我看到两只母鸡正在向阳地里若无其事地用脚刨着地面，用嘴巴啄来啄去。一派祥和景象。至少，我守护了母鸡们一时的平安，我安慰着自己。

不过，公鸡在哪儿呢？难道，公鸡在门口一动不动地等着我开门？那样的话，我一辈子也不能从这个家里出去了——现在想来虽然觉得好笑，但当时我真的那么想。我越来越害怕。我走到门口。轻轻打开一条缝儿，看看外面的情况吧，我这么想着，手慢慢向门把手伸去。就在这个时候，门突然开了！

我不由得大喊一声："啊！"

"呀，吓我一跳。到底怎么了？"

是外婆。我身子一软，说：

"是你啊，外婆……你回来了。"

"我回来了。怎么了？哦，先去厨房吧。有蛋糕哦。"

"哇，我这就去烧水！"

我松了一口气，但又觉得有些不好意思。所以，我的态度比平时更夸张。我跑到厨房，往水壶里灌上水，放到火上。在外婆切蛋糕、准备沏茶的时候，我讲了事情的来龙去脉。

"噢，怪不得公鸡刚才一直跑到前院了呢。我已经让它去后院了，没事了。"

"真的？那只公鸡，不会一直要报复……要攻击我吧？"

"不会那么执着的。睡一个晚上，就忘了。鸡呀，就是这样。放心吧，放心吧。"

外婆把蛋糕递给我。蛋糕上有各种各样的干果和坚果。接着，外婆又递给我一杯牛奶占了一半的热腾腾的红茶。我吃的东西，外婆总会多放热牛奶。

“真的吗？看它气成那样，没想到它会觉得那么受伤呢。”

我喝了一口奶茶。

“要是我的话，被攻击过一次，肯定忘不了吧。我好像很容易受伤呢。”

我小声加了一句。

现在想来，当时，我在心理上迈出了一步。我在窥探外婆的反应。外婆总是接纳我的一切，但我还不知道，对我此时此刻、切切实实的烦恼，外婆会接纳多少呢？

孩子会在自己也意识不到的时候，无意中进行这样重要的“试探”。大人很难意识到自己正在“被试探”，所以往往会敷衍了事。其实，那一瞬间，正是大人应该拼尽全力去接纳孩子的时刻。不过，我的外婆是一个懂得这一点的人。

外婆没说话，点点头。

“对了，在蛋糕上浇点儿奶油吧。稍等一下。”

说着，外婆站起来，从蛋筐里拿出鸡蛋，打到一个小碗里，搅拌好。然后，她把牛奶、砂糖和玉米淀粉一起倒到小锅里。外婆把锅里的东西搅拌了一下，打开火，一边继续搅拌着锅里的东西，一边把打散的鸡蛋倒到锅里。锅里冒起了泡。外婆又把黄油加到锅里。

外婆的动作行云流水般地持续着，丝毫没有间断。这时候，我总是永远也看不够般地瞧着外婆。直到现在，外婆的样子也仿佛就在我眼前，就像随时能实况直播一样。

外婆关了火，一边继续搅拌着锅里的东西，一边说：

“受伤，也是没有办法的事情呢。小舞是这样的‘气质’，所以没办法放弃这样的感受。”

外婆慢悠悠地说着，仿佛这些话是从她的内心编织出来的。听到外婆的话，我脸红了。刹那间，困惑和反抗涌上我的心头。紧接着，又涌出一股安心感。就像坐进热腾腾的浴缸中，身体虽然会猛地一紧，但慢慢放松后，安心感会油然而生。这热水是和自己站在一边的，完全不必感到紧张——这种安心感，会让自己放下所有的戒备。

“是这样的‘气质’，所以没办法”这样的话，和“为了不受伤，要更加坚强”这种励志的话，向量正好相反。虽然如此，前者却有着不可思议的说服力。我以前总觉得，不管怎么努力，只要自己是自己，就会在什么事情上受伤。但那时，虽然外婆向我宣告了这一点，但我并没有陷入眼前一黑的绝望心情，反而感到，有个地方是明亮的，对，自己要去的地方有一盏微弱的灯在亮着。

外婆接着说：

“小舞，你是个聪明的孩子，所以很了解自己。你一定坚信，不管未来受到什么样的伤害，那些伤害也不会把自己击垮，是吧？”

外婆的话，把我带入了一个完全不同的层面。那是一个让我瞬间俯瞰自己人生的层面。那时候，我才十二岁，还不谙世事，在一切方面都缺少经验。但是，和这些无关，仿佛深夜的山野中雷鸣电闪时一切尽收眼底一般，我领悟到：今后，让我感到痛苦的事情还会不断发生，那些痛苦会让我的身心不得不一次次受伤。会发生不得了的事情吧。身心都会感到疲惫吧。可是，那些事情不会把我击垮。就像迄今为止的状况一样。

我不知道该怎么回答，没有说话。外婆说：

“不管发生什么事情，都要告诉自己‘这不会成为我的致命伤’。这样的话，就算当时不那么觉得，但内心和身体的某处会生出充满新生命力的种子，会蓬勃地冒出嫩芽。”

“这不会成为我的致命伤。”

迄今为止，虽然确实发生过让我觉得是致命伤的事情。但每次，我都虔诚地遵守着外婆的教导，念咒语一般地一遍遍说着“这不会成为我的致命伤”。即使在那些连床都起不了的日子里，这样的话也像冬日午后的暖阳，耐心地等待着冰封的大地吸收自己的温暖。

这些事情不会让我垮掉，绝对不会。

这些事情不会让你垮掉，绝对不会。

“外婆，你就像《睡美人》中的仙女呢。”

大概是为了反抗自己总是处于被教导的一方，所以我想说些机灵话吧。我很想炫耀一下这个突然冒出的比喻。

“《睡美人》中的仙女？”

“嗯，睡美人出生的时候，不是有个坏仙女诅咒她吗？说她十五岁的时候，会被纺锤扎破手指，死去。就在大家感到绝望的时候，最后一个好仙女说出了她的祝词。她说，虽然我不能解除这个咒语，但能把它加以缓和。这个孩子会在十五岁时被纺锤扎破手指倒下去，像死去一样进入沉睡。但是，如果王子出现，公主就会醒来。”

“噢，有道理。”

这个比喻，连我自己都觉得一针见血。

虽然外婆猜中了我的命运，但她也教给了我应对的咒语。在未来不能陪在我身边的日子里，让这个“艰难生存”的外孙女能靠自己的力量生活下去。

最终，我还是没能反抗外婆这种无条件的爱。不管如何抗拒，最后只能彻底投降。不，不，原本就不是这样对立的关系。

“我本想跟你说说那只公鸡的优点呢……”外

婆一边把蛋奶糊奶油浇到蛋糕上，一边为难地歪歪头，有些抱歉地说，“但一时想不到。”

外婆的模样实在是太好玩了，我忍不住扑哧一下笑了。好开心啊。

“最爱外婆啦。”

外婆像往常一样，嘻嘻一笑，对我说：

“I know。”

远处传来了那只公鸡的叫声。接着，远远的，不知哪儿的乌鸦像是回应鸡叫声似的，慢悠悠地嘎嘎叫起来。我觉得，现在，我可以和外婆聊一聊那只公鸡的优点了。

这些，都已是很久之前的事情了。但偶尔，那时的情景会在我心中鲜明地复活，让我不由得闭上眼睛。长长的阳光透过厨房窗户柔柔地照进来，墙壁、餐桌、餐具和蛋糕，微笑着的外婆的上半身，都染上了一层冬日午后暖暖的深橙色光芒。

小树枝，进炉灶

每天早上，太阳升起的时间在一点点变晚。

活动一下身体，起身，把被子简单一叠，站起来，打开房间的灯。来到厨房，往水壶里灌上水，放到火上。仅仅是这一串动作，就比以前花的时间要多了。以前，做这些要更轻松。

打开厨房门，深深吸一口外面的空气。空气饱含着水汽，凉丝丝的。颇具粗犷之感的空气，奏响了秋季森林气息的前奏。外面还残留着天亮前的黑暗。一边留意着不大稳当的脚下，一边回到卧室。收拾被褥的时候，水开了。

用刚烧开的水烫一烫茶壶，再倒掉茶壶里的热水，把茶壶放到餐桌上。从红茶罐里舀出两勺红茶，放到冒着热气的茶壶里，倒上水壶里的热水。盖上茶壶盖，放在那里。

打开收音机。广播在播送今天的新闻。从柜子里拿出杯子。把那孩子留下的马克杯也拿出来。

离开这个家的时候，那孩子凝视着这个杯子，最后她自己把杯子收到了柜子里。我看着这一切。她本可以把这个杯子带回去的，但她就像一个很快会再次回来的人，把自己的马克杯放在了这里。虽然她自己可能没有这样的打算。

从那以后，每次看到这个杯子，我心中都会充满温暖的思念。就像那孩子在这儿时一样，她离开后，依然这样温暖着我。

我在两个杯子里倒上茶。希望那孩子今天也能度过身心温暖、平和的一天。马克杯安稳地冒着热气。

我也坐下来，喝起茶。收音机平静地继续播报着本地新闻。窗外的风，摇得窗户咔嗒咔嗒响。收音机里开始播放天气预报。气压依旧很低。“秋雨前线”[1]——这是日语独特的词语，是我喜欢的日语之一——南下，天气像猫眼一样瞬息多变。天气预报很少有地使用了这样的语言。这话是说，猫眼的虹膜会根据光线的强弱时而扩张，时而收缩吧。虽然我没有见过猫眼这样变化，但以前喜欢恶作剧的日本人试过吧，用反射的光线对着猫眼。我心不在焉地想着这些，望着窗外。虽然还没下雨，但本打算上午播完的菠菜籽儿晚点儿再播吧，先把田里躺着的南瓜拣大个儿的收到家里吧。南瓜差不多要过季了，煮些南瓜和扁豆吧。衣服只洗小件的，在阳光房里晾干吧。我一边这么想着，一边把面包片放到烤面包机里。把黄油罐和果酱瓶放到餐桌上，摆好浅碟和餐刀。往杯子里倒上牛奶，然后再倒入

［1］“秋雨前线”是指日本南部沿海地区入秋时节出现的准静止锋，冷暖气团相持，带来持续降雨。

红茶。

吃完简单的早餐，风正好停了。我拿着篮子走到外面，去鸡窝里捡鸡蛋。那孩子在这儿的时候，这是她早饭前的工作。在这个不怎么吃蛋白质的家里，早饭时的鸡蛋对成长中的孩子是必要的，我觉得。虽然，那孩子和鸡之间有过各种各样的故事，但她也在这个过程中学会了和鸡相处。新的鸡窝里来了新的鸡，新的时代开始了。不知为何，这次的母鸡厉害得很，有时候会追着公鸡，去啄公鸡的鸡冠子，看上去很好笑。如果那孩子在，一定会哈哈大笑吧。有两个鸡蛋。对过着独居生活的我来说，常常有多出来的鸡蛋。有多的鸡蛋的时候，我会做成蛋糕，分给住在近处的人。我知道，元治从小就爱吃这样的蛋糕。把鸡蛋拿到厨房后，用扫帚把前院扫一遍。落叶还不算多，四周回响着有节奏的扫地声。栗耳短脚鹎在鸣叫着，相互应和。院子一侧的杜鹃丛中长出了花苞。我知道，秋天真的来到了这个院子。我停下手中的扫帚，侧耳倾听。传来了啄木鸟小心翼翼啄树干的声音。这声音和春天时响亮而自豪的鼓声般的啄木声不同，仿佛手艺人在阳光照射不到的世界一隅，专心埋首于自己手头的工作，我很喜欢这个声音。

我想要往山丘上去。出门的时候还有太阳，转眼间天就阴了下来。我为什么现在想来这儿呢？走了几步,就明白了。有一只小远东山雀掉在了地上。这只小鸟是在进行离巢练习时，不小心掉到这儿的吧。感觉到我走近,小鸟扇动着翅膀想逃走。可是，它的脚被什么卡住了，动弹不得。上面，小鸟的父母在激烈鸣叫着，发出了警告声。我轻轻蹲下身，把卡住小鸟腿的小树枝的分叉部分掰掉。然后，我让小鸟抓住枝繁叶茂的大树枝下面的树枝，这样就算是下大雨也没有问题。可能是为了吓唬我吧，小鸟使劲展开翅膀，一副要飞走的姿势，可它怎么也飞不起来，一副无可奈何的样子。滴答，滴答，雨点终于落了下来。我也放弃了去山丘的想法，快步回了家。太好了，要是刚才那样，那只小鸟很快会被雨水夺去体温，陷入困境的。也许会被蛇吃掉。虽然蛇也要生存下去，也许我的行为是多余的。但和我相遇，可能是那只小鸟拥有的好运吧。小鸟一般是初夏时离巢，但也有夏末出生的小鸟，要在秋天离巢。这样的小鸟，刚记事就迎来了残酷的冬天。按一般观点来看，背负着这样的不利因素，是何等让人感叹的不幸啊。因为生不逢时，所以会像现在这样，一次又一次地遇到致命危机。但是，也有小小的幸运降临的时刻。真希望它能想方设法地收集这样的好运气，度过严酷的秋天和冬天啊。

刚回到家，大雨就倾盆而下。虽然我基本上没被淋到，但身上有些冷。我用毛巾擦干淋湿的地方。和夏天的雨不同，这样的雨让人从骨头里感到凉意。在下雨前和那只小远东山雀相遇，真是太好了。我把小树枝放到内灶里，点上火。这是秋初的第一次点火。屋里这口内灶，是那个人在去世的几年前，当玩儿似的和当地的铁匠一起做的。这个炉灶春夏很少用，但秋冬季节，既能煮饭，又能取暖，非常实用。最重要的是，我在山中漫步时采集的小树枝和杉树叶就能用得上。我已经没有劈柴的力气了。这些，那个人都懂得。

雨声和收音机里流淌出的肖邦钢琴曲重合在一起。

我冲了久违的咖啡，从饼干桶里拿出一片饼干，一边看着大雨，一边吃了起来。简直像夏天傍晚的雷阵雨。就连天气，也不再是过去熟悉的老样子了。

干不了户外活儿了，我把烛台集中在一起，摆到桌子上。这是我从没有孩子的姑妈那儿继承的银器收藏品的一部分。收藏品从刀子、叉子等刀具，到大小不一的餐盘、各种各样的烛台。烛台已经非常暗淡，摸一下手指会变黑。虽然这本不是这种潮湿天气应该干的活儿，但晴天时还有户外的活儿等着呢。虽然天气不合适，但做肯定比不做强。拿出银器擦剂和一把布头。今天只擦烛台，把所有的银器擦一遍可是个大工程。在这样的时间，要像织毛衣一样，一点儿一点儿地擦。银器擦剂剩的不多了。我看着罐子里的擦剂，想起了很久以前的事情。那是我的女儿像我外孙女小舞那么大的时候，不，还要再大一点儿……对，再大一点儿。当时，那孩子已经离开家了。我想起了那时候的事情。女儿无比憔悴地，就像那只拼尽力气也解不开腿上圈套的小远东山雀一样，回来了。虽然很突然，但我正好做了够喝好几天的芜菁汤，本来我还觉得做多了，这下正好能派上用场了。那孩子去洗澡的时候，我把所有的银器都摆在这张餐桌上——恰好，那些银器都色彩暗淡，有些发黑，需要养护。那孩子洗完澡，我问她，要不要来帮忙？那孩子虽然有点儿吃惊，但默默地坐到餐桌前，动手干起来。

银器放在一边不管，很快就会变暗。所以啊，得常常这样去养护。你正好在，真是太好了。你爸啊，不擅长干这些呢。我很想轻轻念叨念叨这些，但我几乎什么话也没说。

秋季的夜晚，外面传来了虫鸣声。我们静静地擦拭着一个个银器。我能感到，每擦拭好一件银器，那孩子的心情就安定了一些。我们一直擦到深夜，把所有的银器都擦得闪闪发亮。银器闪耀着光辉，没有一点儿阴影，甚至能照出人的脸庞，真是太棒了。能让人感受到这种成就感的工作不多呢，那孩子带着满足的微笑说。心灵的伤痕虽然不能轻易治愈，但这种古老而踏实的劳动，会像一位老朋友一样给人以鼓励。留下伤痕虽然是没有办法的事情，但这能起到消炎镇痛的作用。

对啊，我得把银器擦剂的制作方法写下来。

我拿出用来记菜谱的、封面上写着“生活笔记”

的笔记本，用铅笔写起来。

银器擦剂的制作方法：

把固体肥皂切碎。注入大约500毫升热水，充分搅拌。根据肥皂碎的大小一边观察搅拌的情况，一边倒入热水，以冷却后变成果冻状为标准。然后，加入少许胡粉。胡粉在绘画用品店能买到（在英国叫作白胡粉）。用打泡器使劲打出泡沫。打到发泡奶油的程度，倒进空的果酱瓶里。这时候，要立刻贴上标签（上面写上“不能食用”）。做好后，能用很多年。用浸湿的法兰绒布蘸上这样的擦剂，就可以擦银器了。擦完后，用热水冲洗，一定要趁着湿的时候擦干。

这样能明白吗？我又读了一遍。突然，台风一般的狂风从家周围呼啸而过。接着，和我回家时一样，雨一下子停了。真是搞不懂呢。

对了，这种时候会出现彩虹的。

再去一趟山丘，对着彩虹祈祷吧。

我赶紧又出了门。路上，我去放下小远东山雀的地方看了看。那儿已经什么都没有了。希望它已经转移到了更安全的地方。

走上山丘的一路，脚下被水浸湿，散发着夏日的余香。太阳从云缝间露出脸来，一个五彩的世界熠熠生辉。虽然如此光彩夺目，但森林已经不是夏天的模样。光线很柔和。果然，有两弯小小的彩虹。

在这样的天空下，我的女儿，我的女儿的女儿，正在生活着。在新的环境中，选择着新的道路，继而向着那条道路前进。如果体力和心力没有保持平衡，向前进不是一件容易的事。有时候，即使知道自己还没有找到平衡，但也别无他法，只能继续向前走。时光在无情地流逝。

但是，还是要祈祷。

祈祷她们越过现在的考验。

彩虹的一端，是从长出球果假沙晶兰的那个地方延伸出来的。

在那孩子柔软的内心深处，有一种坚硬的气质在静静生长。那气质纯洁又美丽。那孩子的外公也具有那样的气质。那是不属于任何人的孤傲气质，但同时，它又像球果假沙晶兰一样，会从让一切生物腐化、融解的大地中升华出来。那是艰难生活下去的象征。我要祈祷这样的气质不会垮掉。希望她所到之处，小小的奇迹都会像彩虹一样出现，帮那孩子开出道路。

天黑之前还有一项工作要做。把院子里打了花苞的几棵杜鹃挖出来，移栽到“小舞的Sanctuary”那里。虽然这些植株很难扎根，但趁天气骤变的间隙，像闪电一样迅速行动的话，这些植株会有一个好心情，它们会像以前就在这儿生活一样，扎下根来。我挖了坑，祈祷般地栽下这些植株。突然，我想到了，那人也是这样，在草地中间悄悄为我种下野草莓的吧。

我停下手中的活儿，坐到树墩凳子上，双手捂住脸。温暖的思绪像波浪一样传遍我的全身，微笑浮上我的脸庞。接着，我看看四周，对自己的工作很满意。傍晚时分柔和的深棕色阳光，从树木对面晕染开来。天又要黑了。今天的最后一件工作结束了。在这儿，无论哪个季节，都有能拨动心弦的景致。

早春时节，雪滴花仿佛托起了霜冻过的硬邦邦的大地。春意盎然时，鸢尾花竞相开放，好像给竹丛镶了一层花边。下次见到元治的时候，我得告诉他，挖竹笋的时候小心别伤到鸢尾，那是我特意种的。元治虽然看上去那个样子，但其实他对花很温柔。这样一来，边界这件事就算解决了。初夏时，精灵之家的蓝铃花冒出来，仿佛在偷偷微笑。盛夏时分，洁白清爽的铁线莲的枝蔓在树木间攀爬，仿佛在树墩凳子对面挂下一道带着蕾丝花边的窗帘。接着，芒草根部的野菰冒出来，宣告了晚夏的到来。不知不觉间，沙参在初秋的风中摇动着小小的铃铛。从秋天到冬天，龙脑菊开得热热闹闹。北风吹来时，鸢尾镶边的微暗树林之墙上，王瓜结着星星点点的红色果实，仿佛垂下了挂着灯笼的缎帐。在那林间地面上，紫金牛红通通的果实，给寒冬里“小舞的Sanctuary”带来了暖意。

一年年过去，等那孩子长大，再次来到这儿的时候，来自遥远天际的温柔之风，会穿过树木间隙，摇动着树梢和叶子，在那孩子的耳畔低语吧。它会说出那孩子在那一刻，发自内心想听到的话。

那孩子，一定会听到的。

原版后记

我手头第一版的《西魔女之死》的版权页上，写的是“1994年4月19日出版”。至少在那两年之前，原稿就已经完成了。所以，写完这部书稿已经过去了二十五年，也就是四分之一个世纪。

这次，这部小小的作品能够以和它相称的质朴装帧再次出版，我深感欣喜。这次能加上小舞外婆的独白，也让我感慨良多。二十五年前，虽然我隐隐约约地知道那个方向，但当时的我难以具体写出来。

简单、朴素、真挚地生活，仅此而已。过去有哪个时代比现在更难做到吗？

社会群体固化的倾向日益强烈，音量更高的那些人受到推崇，个人思考的真诚性被嘲笑甚至被敌视，排除异己的动向日益高涨。

二十五年前，当我心情忐忑地凝视着这本书时，我在想，这本书除了对我以及和我气质相同的女性之外，会对谁有益呢？现在，我已经接近小舞外婆的年龄，我再一次静静地送出这本书。

上路吧。

不管男女老少，希望这本书能够抵达需要它的人们身边，给人们以陪伴，尽可能地给人们以支撑和鼓励。

我们，即使没有高亢的音量，也能轻声细语，传达心意。让我们轻声倾诉吧。

2017 年春天

梨木香步